約會大作戰　安可短篇集 4

DATE A LIVE ENCORE 4

Kadokawa Fantastic Novels

【約會大職業　case-1　學生】

「唔，『天下沒有白吃的午餐』啊……」

在某天的休息時間，十香愁眉苦臉地盤起胳膊、歪著頭。

「十香，妳怎麼了？」

「妳的表情好憂愁啊。」

穿著和十香同樣制服的四糸乃和「四糸奈」向十香搭話。十香嘴角向下彎，抬起頭。

「剛才老師不是說了這句話嗎？要是不能吃士道煮的飯，我可就傷透腦筋啦。但是……我有在做什麼工作嗎？」

說完，十香發出低聲呻吟。

「我想想……妳的職業，應該可以算是學生吧？」

「喔喔，原來如此……唔？對了，四糸乃跟四糸奈，妳們為什麼穿著學校制服啊？」

「這……這個嘛……」

「在番外篇用不著太在意這種事啦～～」

「唔……？」

雖然不太明白四糸乃她們說的話，但總覺得不應該繼續追究下去。

「不過，這樣啊，學生是嗎？原來我的職業是學生啊。」

十香恍然大悟似的點了點頭，但是經過數秒後又再次感到疑惑。

「唔……那學生到底要做什麼啊？」

「妳好像不經意地問了非常深奧的問題呢，十香。」

「四糸奈」靈巧地抱起雙臂說道。四糸乃像是

配合她的動作般，露出一抹苦笑後開口：

「學生要做的事情……應該還是專注在學業上吧。」

「學業。嗯，讀書啊……原來如此。」

十香發出「嗯、嗯」兩聲，點了點頭表示認同，但立刻又抱持著疑問，再次歪了頭。

「那這樣的話，也包含體育在內嗎？」

「這個嘛……術科也是課程之一，說是學生該盡的本分也不為過吧。」

「說得對～說到學習，也不一定全是指讀書嘛。應該說，在學校做的事情，基本上都可以算是學生分內的工作吧。跟朋友溝通交流也很重要喔。」

「四糸奈」點頭如搗蒜地說道。

聽完這句話，十香大喊著：「喔喔！」

「原來如此。也就是說……吃便當或是福利社的麵包也是學生該做的事情嘍！」

「呃，這個嘛……大概是吧。」

「唔……就打造強健的體魄這一點來解釋的話，也可以這麼說……吧？」

聽見四糸乃和「四糸奈」的回答，十香用力地點了點頭。

「這樣啊！那麼為了吃美味的餐點，我要好好吃便當！」

十香高聲宣言後，四糸乃和「四糸奈」兩人便一臉為難地露出苦笑。

【約會大職業　case-2　女僕】

位於天宮市一隅的某家女僕咖啡廳。

與它富麗堂皇的外觀恰恰相反，裡頭不斷上演著女僕們以血洗血的勢力鬥爭。

「哎呀哎呀，折紙，妳好啊。妳今天又來白費功夫啦？」

「時崎狂三，我不會輸給妳。」

鳶一折紙和時崎狂三兩人是這家店裡經常爭奪首席之位的紅牌女僕。

不過，首席寶座只有一個。因此，兩人打算以今天的指名數和收益來競爭誰才是真正的第一紅牌。

「呵呵呵，我今天就讓妳徹底心服口服。」

「我對第一紅牌的地位沒興趣。但我絕不能把親吻店長臉頰的這個獎賞讓給妳。」

折紙說完後，在後方聽兩人對話的店長五河士道抖動了一下肩膀。

「那個，我怎麼沒聽說有這個獎賞。」

「嘻嘻嘻，嘻嘻。妳倒是挺會虛張聲勢的嘛。我就讓妳見識見識我們兩人之間的實力差距有多大。」

「求之不得。」

「……喂，妳們兩個。」

店長的聲音傳不進兩人耳裡。

於是，店開始營業了。或許是知道兩人正在爭奪第一紅牌的寶座，雙方的粉絲蜂擁而入，接二連三地指名兩人，收益也呈直線上升。

「呵呵呵，歡迎回來，主人。哎呀哎呀，誰允許您用兩隻腳走路啦？」

「請點餐。小折折的推薦是這道兩萬九千八百圓的特製蛋包飯。我會在普通的蛋包飯上面用番茄醬寫上海軍陸戰隊式的辱罵文字。」

雙方分別以自己擅長的方式接待客人，收服主人們的心。然而——接近打烊時間，折紙開始領先。

「我贏了。只剩十分鐘，妳已經不可能反敗為勝了。」

「呵呵呵，那可不一定。」

狂三露出狂妄的笑容。下一瞬間，有好幾名客人湧進店裡。

而且——所有人的長相都跟狂三是一個模子印出來的。

「什麼……這是……」

「嘻嘻嘻。這可真是歡迎回來呀，各位小姐。請問妳們要指名誰呢？」

狂三的臉上浮現邪佞的笑容如此說道。於是，無數的狂三同時點了點頭。

「嗯。我們——」

眾狂三們用手指著的人——並非狂三，而是店長。

「要指名店長。」

「……咦！」

士道瞪大了雙眼。狂三發出慌亂的聲音：

「妳……妳們搞什麼……！這跟我們當初說好的不一樣啊！」

「咦～～可是～～」

「我們也想跟店長玩嘛。」

「有什麼關係嘛，有什麼關係嘛。」

「咦，等一……」

一群狂三將店長拖走。

這一天，店長五河士道榮登第一紅牌女僕的寶座。

【約會大職業　case-3　妹妹】

「——事情就是這樣，所以該做妹妹的工作嘍。」

「請給我等一下！」

琴里理所當然似的挺起胸膛。於是，真那有些困惑地皺起眉頭如此說道。

「該做妹妹的工作……說起來，妹妹不算是職業吧。」

「妳在說什麼啊。五年前制定了國家妹妹法，考取妹妹執照是正式的義務耶。」

「國家妹妹法？話說，當妹妹還要考取執照嗎！」

「是啊，現在這個社會光是擁有哥哥或姊姊還無法自稱是妹妹。順便說一下，去年妹妹執照的競爭率是二十點五倍。」

「也太競爭了吧！」

真那高聲吶喊後，臉頰流下汗水繼續說道：

「……那個，我問個題外話，競爭率這麼高，代表有很多人沒考取妹妹執照吧。」

「是啊。我是一次就拿到了啦，但日本有很多落榜妹妹。」

雖然非常在意落榜妹妹這個詞彙，但真那刻意不吐槽，接著說：

「那……那些人在親屬稱謂上該怎麼稱呼呢……？」

「非弟。」

「唔哇啊！」

真那苦著臉，琴里便一臉猜疑地盯著她。

「我說真那啊，妳從剛才就一直問些基本的

問題……妳該不會是無照妹妹吧？」

「無照妹妹這個詞聽起來也很荒謬耶……」

真那說完，琴里便像是洞察一切般盤起胳膊，點頭說道：

「原來如此啊……妳小心一點。就算妳本領再怎麼高超，沒有執照就進行妹妹的行為是違法的喔。前陣子有個無照妹妹才剛被逮捕呢，她稱呼委託人為『哥哥』，索取高額報酬。」

「聽起來怎麼像其他職業啊……」

真那表現出不耐煩的態度。這時，琴里和真那的哥哥士道正巧經過。

「哦，妳們兩個在幹嘛啊？」

「啊，哥哥……』

就在真那如此呼喚士道的瞬間，某處突然響起好似警報聲的聲響。

「咦！這到底是……」

「！糟糕，是妹妹警察！他們聽到妳喊士道哥哥了！」

『妹妹警察？那……那是什麼鬼啊！」

「待會兒再向妳解釋！先逃吧！被抓到的話會被送到妹妹收容所，被妹妹守衛進行妹妹矯正！」

「什……什麼！」

真那還搞不清狀況，琴里就推著她的背硬是逼她逃離現場。

DATE A LIVE ENCORE 4

WorkingTOHKA,HighschoolYOSHINO,NormalizeORIGAMI,CatKURUMI,MissionMANA,
MysteryKOTORI,ReverseTOHKA

CONTENTS

約會大作戰

安可短篇集 4

橘 公司
Koushi Tachibana

Kadokawa Fantastic Novels

彩頁／內文插畫　つなこ

精靈
THE SPIRIT

存在於鄰界，被指定為特殊災害的生命體。發生原因、存在理由皆為不明。
現身在這個世界時，會引發空間震，給周圍帶來莫大的災害。
再者，其戰鬥能力相當強大。

處置方法1
WAYS OF COPING 1

以武力殲滅精靈。
但是如同上文所述，精靈擁有極高的戰鬥能力，所以這個方法相當難以實現。

處置方法2
WAYS OF COPING 2

——與精靈約會，使她迷戀上自己。

安可短篇集4

DATE A LIVE ENCORE 4

SpiritNo.5
Height 145 Three size B72/W53/H74

打工十香

WorkingTOHKA

DATE A LIVE ENCORE 4

某天的休息時間。

坐在隔壁的夜刀神十香朝書桌探出身子。

「欸，士道，今天晚餐吃什麼？」

她晃動著如夜色般漆黑的髮尾，將她可愛的容貌面向士道如此說道。不過，五河士道看見十香朝他靠近，臉頰卻流下汗水並微微向後仰。

住在士道家隔壁的十香確實每天都到五河家吃晚餐，但是……這件事要是被同班同學聽到，又會傳出不必要的傳聞了。

「……啊，妳說話再小聲一點。」

「唔，這樣啊，說的也是呢。抱歉——所以，到底要吃什麼？」

十香略微壓低音量詢問士道。於是，士道無奈地嘆了一口氣。

「今天啊……我想想，吃蛋包飯如何？」

「！喔……喔喔……是那道鬆軟滑嫩的東西嗎！」

「是啊，也會淋上滿滿的多蜜醬。」

「竟……竟然……」

十香顫抖著雙手，露出陶醉的神情。士道以前曾做過一次蛋包飯給十香吃，她當時好像非常喜歡的樣子。

「這個嘛，嗯，我覺得很棒！我現在就開始期待了！」

「……就說了，別那麼大聲——」

「十香～～」

此時突然傳來一道聲音打斷兩人的話，士道微微抖了一下肩膀。

接著，他望向十香的後方確認聲音的主人——然後，僵住身體。

因為站在那裡的正是十香的朋友也是班上的八卦製造機，亞衣、麻衣、美衣長舌婦三人組。

要是讓她們逮到能嚼舌根的話題，不到隔天就會傳遍整個班上。士道思忖著有沒有什麼辦法能順利將十香說的話蒙混過去。

不過三人提都沒提士道和十香兩人的對話，只是散開來包圍住十香，同時一把握住她的手。順帶一提，亞衣握住十香的右手，麻衣則是左手，而無手可抓的美衣只好把手放到十香頭上。

「唔……唔？妳們幹嘛？」

十香突然被人包圍，神情困惑地說了。於是，三人組熱情如火地把臉湊近十香。

「我說，十香啊。」

「如果妳願意……」

「想不想打工？」

「打工？那是什麼？」

十香露出目瞪口呆的神情。

「這個嘛，簡單來說就是……」

亞衣豎起一根手指簡略地說明。十香發出「哦～」的一聲，興致勃勃地點了點頭。

「唔，原來如此。就是工作賺錢啊。」

「沒錯、沒錯。怎麼樣？是要在車站前的一家名叫『La Pucelle』的咖啡廳打工。」

「最近附近也開了一家咖啡廳來跟我們店競爭，外場的女服務生被那家店挖走，辭職不幹了啦～」

「拜託妳！只做短期幾天也行！」

三人連珠砲似的說道。十香發出低吟聲。

「我們店真的陷入大危機啦。附近開的那家對手店是業界惡名昭彰的連鎖店啊～」

「沒錯沒錯，不管地點就隨便開店，故意找附近店家的麻煩，打算整垮對方。來我們店裡的客人也越來越少，真的很慘！」

「所以我們才想出請絕世美少女十香來當我們店的店花，看能不能一口氣搶回客人……」

最後稍微脫口說出了真心話。如果是這樣，短期幾天的打工根本沒有意義吧。

「士道你覺得呢？」

「咦？嗯嗯……這個嘛……」

話題突然被丟到自己身上，士道一臉苦惱地皺起眉頭。

咖啡廳的外場人員……也就是女服務生嘍。雖說十香已經比當初習慣了這個世界許多，但突然讓她去做服務業，她應付得來嗎……

正在士道思考著這種事情的時候，亞衣將嘴巴湊近十香的耳邊，竊竊私語地說起悄悄話。

於是，十香激動地發出「喔喔……！」的聲音瞪大了雙眼，瞄了一眼士道後用力點了點頭。

「我答應！我去打工！」

聽見十香這麼說，亞衣、麻衣、美衣露出神采奕奕的表情。

「好耶！那就這麼說定嘍！」

「我會跟店長說！」

「今天放學後就開始上工吧！」

說完，三人揮著手離開士道的座位。

「喂……喂，十香，妳沒問題嗎？最好想清楚一點再回答……」

「沒問題啦！交給我吧！我有去過幾次叫咖啡廳的地方！」

士道憂心忡忡地詢問十香，十香便自信滿滿地挺起胸膛。士道對十香投以懷疑的視線。

「……她們剛才對妳灌了什麼迷湯？」

十香聽了明顯抖了一下肩膀，額頭冒出汗水，噘起嘴發出「咻！咻！」聲開始訴說。看來她不太會吹口哨。

亞衣大概是跟她說賣剩的蛋糕可以任她吃到飽吧。士道無奈地搔了搔頭。

然後從口袋裡拿出手機，撥打某支電話號碼。

不久，話筒便傳來他的妹妹——琴里高亢的聲音。

『喂～～哥哥？什麼事？』

「喔，抱歉啊，琴里。我要跟妳說一件十香的事情……」

『……等一下。』

琴里說完後，話筒另一頭傳來奔跑在走廊上的吵雜聲音，接著是衣襬的摩擦聲。宛如——沒錯，就像是正在替換綁頭髮的緞帶一樣。

『——所以呢？十香發生什麼事了嗎？』

緊接著傳來的這道聲音點綴著嚴肅和威嚴，跟剛才妹妹樂天的聲音截然不同。

『莫非是你看她懵懂無知，教她淫穢的話，讓她不停大聲重複的事情被發現了嗎？』

「我才沒那樣咧！」

『那是什麼事？』

「喔喔……就是十香說她想要開始打工……」

『打工？打什麼工？』

「詳細情形我不清楚，但似乎是咖啡廳的外場人員。好像只要打個幾天的短期工就行了……妳覺得呢？」

士道如此詢問，琴里低吟了幾秒鐘後回答：

『……不錯啊。』

「妳是說真的嗎？十香有辦法從事服務業嗎？」

『這也是一種經驗啊。你沒忘記我們最大的目的是什麼吧？就是圓滑地消除造成空間震的原因——讓精靈過著平靜的生活。我們也很希望精靈能主動地融入社會。十香既然有意打工，就不該潑她冷水。』

聽見琴里說的話，士道發出低聲呻吟。

其實，十香並不是人類，而是造成人稱空間震災害的原因——精靈。

琴里則是保護精靈的祕密機構〈拉塔托斯克〉的司令官。

『用不著那麼擔心啦，我這邊也會幫忙注意。過度保護對十香也不是件好事。』

「嗯……也是，妳說的對。」

士道「呼」地吐了一口氣，掛斷電話後重新面對十香。

十香像是一隻聽從主人命令乖乖等待的小狗一樣，雙手放在書桌上望著士道，等候他回答。

士道見狀露出苦笑，將手搭在十香的肩膀上。

「琴里說可以……那麼妳就努力試看看吧。」

「嗯！」

十香精力充沛地點了點頭。

當天晚上。

士道正在客廳看電視的時候，走廊上傳來吵雜的腳步聲。

「士道！我回來了！」

客廳的門被一把打開，穿著制服的十香現身在門外。看來在回自己公寓換衣服之前，她先來到了這裡。

「這是禮物！」

十香說完後遞出手上拿著的一只可愛的盒子。打開盒子，發現裡頭塞滿了各式各樣的蛋糕。

「喔喔……還真多呢。」

「嗯，是店長給我的！大家一起吃吧！」

十香露出滿面的笑容，士道見狀不禁發出苦笑。果然是被這個獎賞引誘才答應打工的吧。

士道拿起掛在椅背上的圍裙，一邊穿一邊走向廚房。

「妳還沒吃晚餐吧？等我一下，我馬上準備。」

「嗯！」

聽見十香的回答後，士道揮了揮手，從冰箱裡拿出兩人份的雞蛋。時間已經快要九點半，但士道也還沒吃晚餐，他想等十香回來一起吃。順帶一提，琴里說什麼有工作要處理，今天似乎要留在〈佛拉克西納斯〉過夜。

雞肉飯和多蜜醬已經事先做好了，但只有蛋皮得現做，因為用鍋子或微波爐重新加熱會破壞蛋皮特有的鬆軟滑嫩口感。

士道攪拌著碗裡的雞蛋，望向客廳的十香。

「所以……妳做得還好嗎？」

「唔？」

「我是說打工啦，打工。妳有好好工作嗎？」

「喔喔，當然有啊！」

十香用力地點點頭，拍了一下胸部。

「真的嗎？妳都做了哪些工作？」

「唔，他們先教我怎麼打招呼。客人進來的話就要對客人說『歡迎光臨』，要精神百倍地說才行喔！」

「嗯，那是基本的禮儀吧。」

「然後啊，他們發給我制服。」

「哦，是怎麼樣的制服？」

「唔，有點像兔子——」

「……嗯？」

怎麼覺得聽到了奇怪的話。士道歪著頭，將蛋汁倒進塗滿奶油的平底鍋。

穿著像兔子的制服……士道聽見這句話後，腦海裡浮現的是亮面材質的緊身衣搭配網襪和兔耳朵髮箍的兔女郎造型。

「不不不，這怎麼可能啊。」

十香工作的地方不是夜店，應該是普通的咖啡廳才對。士道用力搖了搖頭。肯定是類似兔子玩偶裝（這也挺有問題就是了）那種感覺的制服吧。士道微微點點頭，強迫自己接受這個答案。

不過，十香並沒有發現士道的思緒，還是滿心歡喜地繼續說道：

「還有啊，接下來是送餐點給客人。」

「這……這樣啊，說的也是呢。店裡有賣什麼啊？」

「我想想……啊，說到這裡，有賣一樣奇怪的飲料呢。」

「哦？」

「我問店長這是什麼，他還特別讓我喝一杯喔。好像是一杯……叫琴（Gin）什麼的飲料。喝下去之後，身體會一下子熱起來。」

「……什麼？」

聽見十香說的話，士道皺起眉頭。喝下去身體會一下子熱起來的飲料……他的腦海裡掠過琴湯尼或是琴萊姆這類未成年不能喝的酒類名稱。

「喂……十香，那該不會是……」

士道臉頰流下汗水如此說道，但十香不予理會，盤起胳膊發出「嗯、嗯」的聲音繼續說：

「啊，對了。還有那個。」

「還……還有其他事情嗎……？」

「嗯。店裡打烊之後，我到裡面的房間讓店長感到舒服後，除了打工的薪水之外，還能拿到額外的小費喔！」

「……什麼！」

「嗯？」

士道發出聲音的同時，十香也一臉疑惑地皺起眉頭。

「士道？好像有一股燒焦味耶！」

「咦？啊……！」

經十香這麼一提醒，士道望向自己的手邊。

平底鍋上的蛋皮已經煎過頭，不是呈現鬆軟滑嫩的狀態，而是焦黑成一團，不斷冒著煙。

◇

「就是這裡啊……」

隔天，士道來到車站前的咖啡廳「La Pucelle」。

理由非常單純。因為聽完昨天十香說的一番話之後，士道擔心她擔心得要命。

當然，他有打電話給琴里詢問十香的事情。但是琴里強調「沒什麼好擔心的」，掛掉電話前還不耐煩地對他說：「既然你那麼擔心，就自己去瞧瞧啊。」

時間是下午一點三十分。今天是星期六，十香應該下午有排班。士道算準了十香已經出門後便戴上太陽眼鏡和口罩，隨便喬裝打扮完，跟在她後頭來到了這裡。

士道瞪著遠離大馬路的咖啡店外觀。古色古香的木製外牆以及招牌，門口的小黑板上寫著今日的推薦套餐。乍看之下，像是一間年代久遠、私人經營的咖啡廳。

「……外表看起來很普通呢。」

士道如此說完輕輕搖了搖頭。就算外表普通也不可疏忽大意。

他握緊拳頭振奮精神後，下定決心打開店門。

店裡的空間比從外面看起來的感覺還要寬闊許多。原來如此，外場人員被挖走後看起來確實很辛苦呢。

聽說因為對手店故意找麻煩而導致客人減少……但店裡幾乎座無虛席啊。如果這樣還叫作客人減少的狀態，那麼全盛時期到底有多少客人光顧啊？

「喔喔，歡迎光臨！」

就在這個時候，一道熟悉的聲音震動士道的鼓膜。

透過太陽眼鏡的黑暗視野裡出現了十香的身影。她身穿綴滿荷葉邊的可愛制服，笑容滿面地面對士道。

「……！」

因為十香實在太適合這副裝扮，令士道不由自主地倒抽了一口氣。老實說，雖然是為了喬裝打扮，但士道非常後悔自己戴了太陽眼鏡。

「一位嗎？」

「咦？啊，對。」

「這樣啊，那麼這邊請吧！」

說完，十香帶著士道來到窗邊的座位。士道聽從安排就座後，「呼」地吐了一口氣。看來十香並沒有認出他來。成功潛入店裡了。

不過，士道立刻浮現疑問。

沒錯。十香穿著的制服雖然荷葉邊稍嫌過多，卻是非常正常的女服務生制服，完全不是士道所想像的那種惹火的兔女郎裝。

「那麼，她所說的兔子究竟是……」

就在士道滿腦子問號的時候，十香將開水和濕毛巾放到士道的面前，像是完成一項工作似的心滿意足地點了點頭。

「嗯，很完美。你決定好要點什麼了嗎？」

「咦？」

感覺要客人點菜的速度有些太快了……不過，這倒是無所謂啦。士道翻閱菜單，隨便點了些餐點。

「……那麼，我要大吉嶺紅茶。啊，還有拿坡里義大利麵。」

士道點了紅茶，順便點了一道料理。由於太過擔心十香，搞得茶不思飯不想的，到現在他的胃才開始抗議。

「嗯，了解了！稍等一下！」

十香朝氣蓬勃地點了點頭。

就在十香走向廚房的瞬間，士道「啊」的一聲瞪大了雙眼。

因為十香的胸前別了一個兔子形狀的名牌，上頭寫了她的姓氏「夜刀神」。

「呃……她說的兔子原來是這個啊。」

士道搔了搔臉頰。看來他把十香的話曲解得太過頭了。

士道深深吐了一口氣好讓心跳平緩下來，然後環視整個店裡。

好高雅的一家咖啡廳啊。裝飾細緻的桌椅以及投射柔和光線的間接照明。每個角落都打掃得一塵不染，到處都可窺見店長講究的用心。與其說是女高中生放學後閒聊談心的好去處，這氣氛倒是比較符合讓嫻淑優雅的女士坐下來安靜品茶的地方。

「看起來是間很棒的咖啡廳呢……」

士道喝了一口水，如此呢喃。

「但是……還不能放心。」

士道深呼吸重新打起精神，開始仔細檢閱手裡拿著的菜單。根據十香說的，這裡疑似有提供未成年人酒精飲料。

……然而，不管士道再怎麼仔細查看，菜單上都找不到酒類飲品。別說琴酒類的調酒了，連啤酒都沒看到。菜單上羅列的只有咖啡、紅茶、簡單的料理以及蛋糕之類的西點。

「……該不會到了晚上會提供另一種菜單吧……？」

就在士道思考著這種事情的時候，他的頭上傳來一道爽朗的聲音。

「讓你久等了！」

往聲音來源看去，發現十香端著銀製托盤站在那裡。

「這是你點的大吉嶺紅茶跟拿坡里義大利麵！」

「啊，好……咦？」

看見十香將自己所點的東西放到桌上，士道皺起了眉頭。

大吉嶺紅茶就算了，是普通的茶壺和茶杯。

問題在於拿坡里義大利麵。白色的大盤子上堆著一大團冒著熱氣的紅色麵條。老實說，怎麼看都像是三十分鐘內吃完就免費的那種大胃王挑戰的料理。

「請……請問，這是……」

「嗯！我跟店長說那點份量完全不夠吃，結果他就裝了一大盤給我！」

「…………」

又不是十香妳要吃的……雖然內心這麼想，但要是說出不該說的話，洩露了真實身分可就麻煩了。士道老實地點了點頭回答：「……謝謝。」

「嗯，有什麼事情再叫我！」

十香精力充沛地如此說完便邁步離開。

士道望著十香離去的背影一會兒，將視線轉回呈現在眼前的巨無霸拿坡里義大利麵，唉聲嘆了一口氣。既然點了，就只好努力嗑完它了。

但有一件事情必須先確認。士道呼喚經過附近的女服務生。

「不好意思。」

「什麼事？」

女服務生感到疑惑。她是拜託十香來這裡打工的三人組之一，葉櫻麻衣。長相平凡，沒有特色就是她的特徵。順帶一提，她胸前別著的是貓咪形狀的名牌。

「我想請問一下，那個名牌是……」

士道指著麻衣的胸口說完，她便點點頭回答：「您說這個啊。」

「很可愛吧？因為有許多客人會帶著小孩光顧這家店，是店長親手做的。」

「喔，這樣啊……原來如此……」

士道感覺全身放鬆了力氣。

「那個，我可以再問妳一個問題嗎？」

「可以，什麼問題呢？」

「這家店的菜單，白天和晚上會不一樣嗎？」

「不會，我們店裡的菜單只有一種。」

「呃，可是，我是聽別人說的啦，聽說這裡有賣叫琴什麼的飲料，喝了身體會熱起來……」

「喔喔，您說的……」

麻衣一邊說一邊翻閱菜單，指著寫在飲品菜單最後一項的飲料。

「大概是這個飲料吧。」

士道看著麻衣所指的地方，臉頰流下一滴汗水。

「……薑汁（Ginger）蜂蜜牛奶……」

「對。是本店推薦的飲料，喝了身體會暖呼呼的喔。」

「…………」

菜單上看起來像是手繪的生薑、蜜蜂和牛奶的造型插畫顯得十分可愛。喝了身體確實會十分暖和呢。

不過，士道用力搖了搖頭。

兔女郎和酒的確是因為士道的邪惡思想而產生的誤會。但是最後一個，是絕對不能置之不理的問題。

「那個，服務生小姐。我是聽別人說的啦……」

「什麼事？」

「聽說打烊後，讓店長感到舒服的話就能得到額外的小費，是真的嗎？」

士道說完，麻衣手上的銀製托盤掉落，發出「鏗啷！」的響亮聲音，有些反應過度地表現出驚訝的態度。

「你……你怎麼會知道這件事！你這個敵國的間諜！」

「咦……咦咦？」

「沒有啦，我開玩笑的……不過，說真的，你是在哪裡聽說的？」

麻衣撿起托盤，同時對士道投以疑惑的視線。士道露出虛偽的笑容敷衍過去。

「那……那麼，是真的嘍？」

「是啊。因為滿好賺的，大家都搶著做，但通常還是會點名手法熟練的女生。」

「……！」

聽見麻衣的回答，士道僵住身體。

看來，士道擔心的事情果然沒錯，不能讓十香在這種地方工作。就在他正想要從座位上站起來的時候——

結果——

「畢竟店長也上了年紀了嘛。工作了一整天，肩膀好像會痠痛。我有一個叫亞衣的同事很會按摩，所以經常被點名～～」

「…………………咦？」

聽見麻衣的這番話，士道緊握的拳頭突然失去了力氣。

「……按摩嗎？」

「是啊。啊，您看，那就是店長。」

麻衣說完指向廚房。有一位穿著圍裙、看起來十分優雅的老婦人面帶微笑站在那裡。

「……呃……」

「還有什麼問題嗎？」

「……不，沒有了。」

士道說完，麻衣便恭敬地行了一個禮之後離開。

「…………」

士道低頭沉默了一會兒後，拿下口罩塞進口袋裡，啜飲了一口大吉嶺紅茶。擴散在口腔的香醇芬芳，味道溫和，彷彿能淨化士道汙穢的心靈。總覺得愧疚得都要飆出淚來。

士道望向很有活力地工作的十香。

雖然服務得不甚周到，但她努力工作的態度似乎博得了其他員工和顧客的好感。

咖啡店很正派，燈光美、氣氛佳。琴里說的沒錯，或許是士道自己擔心過了頭。

「……吃完這個之後就回家吧。」

士道吐了一口氣，拿起叉子，開始吃義大利麵。

今天十香也會拖著疲憊的身軀回來吧。現在士道能做的，就是在十香回到家時端出美味的晚餐給她吃。等一下買菜回家準備晚餐的話，她回家的時候正好可以吃吧。

然而，就在這個時候——

「喂，妳搞什麼啊！」

店裡傳來與這安靜的氛圍不搭調的怒吼聲。

緊接著，四周開始發出細小的嘈雜聲。

「怎麼回事啊……？」

士道一臉納悶地皺起眉頭望向聲音來源。

結果看見坐在牆邊的兩名男性顧客一臉不悅地皺起他們嚴肅的臉，手肘還抵在桌上。而十香則是露出目瞪口呆的模樣，站在他們面前。

「十香……？」

士道將太陽眼鏡往下移偷看情況後，金髮男子便一臉不耐煩地指著自己的腳。

「燙死了……喂，剛才紅茶灑出來了吧。」

「唔？是嗎？小心一點啊。」

十香若無其事地如此說完後打算離開。結果，另一名將手肘抵在桌面、下巴留著鬍子的男人站了起來，擋住十香的去路。

「給我等一下。妳這種態度也太誇張了吧，店員小姐。竟然連一句道歉都沒有，未免太沒有教養了吧。」

「唔？」

十香一臉困惑地歪了歪頭。

「為什麼我要道歉？是他自己灑出來的吧。」

「啥！妳少在那含血噴人！是妳撞到我，紅茶才灑出來的吧！」

金髮男子語氣粗暴。不過，十香毫無畏懼地皺起眉頭。

「你說這話好奇怪。我才沒有碰到你，是你伸出腳想要絆倒我，我只是閃開而已。」

「……！少……少囉嗦！總之，妳害我燙傷了！妳要怎麼賠我！」

「唔，你這麼說我也沒辦法。那你說該怎麼辦？」

十香一臉為難地發出低吟聲後，擋在十香面前的鬍子男張開手打圓場說：「好了、好了。」

「別那麼激動啦。店員小姐也不是故意這麼做的啊。」

「話是這麼說沒錯，但我可不能就這麼算了。她燙傷了我，還把我貴重的衣服給弄髒了。好歹得付我醫藥費、精神賠償費跟洗衣費吧。」

聽見這句話，十香皺起臉說：「唔？」

「醫藥費……是要跟我討錢嗎？」

「照理說，是要這樣啦。」

「那可就傷腦筋了。在這裡打工賺到的薪水，我已經決定要拿來幹嘛了呢。」

十香搖頭拒絕。

不過，聽見十香的回答，兩名男子非但沒有大聲怒吼——反而還表現出就是在等妳這句話的態度，露出卑鄙的笑容。

「嗯～～那就沒辦法了。叫妳們店長過來一下。」

「唔？為什麼？」

「還問為什麼！既然妳付不出來，我們只好請店家負起責任了啊！還是說怎麼？這家店害客人燙傷，連句道歉都不說嗎！竟然有這種惡劣的店家！」

男人扯開嗓門，想故意吸引周圍客人的注意一樣。

「各位也要小心一點啊！這家店好像會故意弄灑熱茶，燙傷客人啊！」

聽見男人這麼說，四周立刻喧鬧了起來。

「……哎呀，十香被纏上了啊。」

就在這個時候，站在士道附近的一名女服務生搔了搔頭如此說道。她正是三人組之一的藤袴美衣。

「妳認識那兩個人嗎？」

士道詢問後，美衣便一臉無奈地回答：

「是啊……自從對面開了一家同業的競爭店家以來，就有很多那種人光顧。還大大方方地挖角員工，很多人都辭職了……」

「原……原來如此……」

士道臉頰冒出汗水，再次望向店裡。男人們好像滔滔不絕地找碴，十香露出為難的表情。怎麼樣也不能放任十香讓他們欺負吧。

士道唉聲嘆了一口氣後，快步朝那裡走去。

「那個……」

「吵屁啊！」

士道朝站著的男人背後說話，男人便依舊語氣粗暴地猛然回過頭。

「這位小哥你有事嗎？你眼睛是瞎了嗎？沒看見本大爺忙得很啊？」

男人露出銳利的視線狠狠瞪視士道，令士道不由自主地差點往後退了一步。他好不容易站穩腳步後，大聲說道：

「沒……沒有啦，我看這個女生好像很困擾的樣子……」

士道如此說完，坐在椅子上的金髮男子也望向他。

「啥？拜託，我可是被這女生燙傷了耶！但她卻一句道歉都沒有就想一走了之，所以我才在教訓她。跟你無關，OK？Do you understand？」

「就說了，弄灑熱茶的是——」

十香大聲抗議，但話才說到一半……便露出疑惑的神情。

接著望向士道，一臉納悶地歪了歪頭。

「……士道？」

「——！」

十香突然喚出這個名字，士道急忙用手遮住嘴巴。

對了，剛才喝紅茶的時候拿下口罩，忘記戴回去了。只戴太陽眼鏡似乎很難掩飾真面目。

「你怎麼會在這裡……」

「沒有啦……就是來看一下妳打工的狀況。」

既然已經暴露身分，遮住臉孔也沒有意義。士道嘆著氣拿下太陽眼鏡。

「啥？搞屁啊，原來你們認識喔，所以才那麼煩人啊。」

「可是啊，這件事跟你無關吧。你可以閉上你的嘴嗎？」

兩名男子出言恐嚇士道。士道搔著臉頰說：

「不……這就難辦了。為了你們的安全著想，我不得不插手……」

士道額頭冒出汗水如此說道。雖說靈力已被封印，但十香畢竟是精靈。她的力量遠遠凌駕於人類之上。如果十香真的生氣，想必輕而易舉地就能把只是長相嚇人的男人吹飛吧。

不過，士道的關心似乎沒有正確地傳達給男人們。他們開始愉快地笑了起來。

「呀哈哈，這傢伙在說什麼啊？怎麼？要是我們對她動手，你就不會放過我們嗎？」

「嗚哇啊！真是帥啊！不過，你最好秤秤自己的斤兩吧，小哥。你應該不想在她的面前被打得落花流水吧？」

「不，我不是這個意思……」

「啊哈哈，你看，他嚇得全身發抖呢！真沒用！趁你還沒有嚇到屁滾尿流之前，快點給我滾吧，傻子！」

「我說啊，我們也是很忙的，沒有時間陪你這個小鬼玩英雄救美的遊戲。明白的話，就快點──」

男子皺起臉露出威嚇的表情，話才說到一半……便屏住呼吸，止住了話語。

理由非常單純。

因為那一瞬間過後，籠罩周圍的空氣轉變成與之前截然不同的性質。

「——你們這些傢伙！」

十香發出冷靜但蘊含強烈怒氣的聲音，露出不用動手就能射殺人一般的充滿魄力的眼神瞪著鬍子男。坐在附近的金髮男「噫」的一聲發出短促的尖叫聲，腿軟似的從椅子上滑落。

「什……咦……怎樣……」

鬍子男從喉嚨發出跟剛才大相逕庭的細小聲音。

不過，這也難怪。並非改變了容貌，也並非改變了聲音，然而現在的十香卻洋溢著宛如捕食者的壓迫感，能喚起人類本能且原始的恐懼。

「你們要教訓我沒關係。但是，我絕不允許你們侮蔑士道！」

十香散發出濃烈的殺氣，彷彿用肉眼就能看見。有種隨便亂動，氣管就會在瞬間被撕咬成碎片的錯覺，她散發出的氣息就是如此危險。面對這樣的十香，能保持平常心的頂多只有受過專業訓練的軍人吧。

「十香！妳……妳冷靜點。你們兩個！快點道歉的話，她會原諒你們的！」

士道慌慌張張地吶喊。然而，這個舉動似乎惹惱了男人。

「吵……吵死了！」

男人大聲怒吼，猛然舉起右手朝士道揮拳。

「——！」

夜刀神

「士道！」

士道不由自主地閉上雙眼。然而……不論經過多久，預想中的衝擊都沒有朝他侵襲而來。

過了一會兒，士道微微睜開雙眼。

結果，他看見男人的拳頭被不知不覺間出現在現場的某人擋下，靜止在士道的眼前。

士道望向握住男人拳頭的人物——發出錯愕的聲音。

「神……神無月先生……？」

沒錯。站在那裡的正是琴里的部下，同時也是〈拉塔托斯克〉的副司令，神無月恭平。

「嗨，你好啊。」

神無月露出微笑，隨後坐在周圍的客人們便同時站了起來，發出椅子碰撞的吵鬧聲。

「好了，各位，我們走吧。」

「咦？」

士道露出目瞪口呆的神情後，客人們便以整齊劃一的動作走近兩名男子的身邊，架住他們的雙臂，就這麼拖著呆若木雞的男人們走到店外。

「咦？等一下，你們是誰……誰啊……」

「咦？咦？」

然後，最後一名客人將桌椅恢復原狀後，付完離開的所有人的費用，走出了店裡。

換算成時間，不到數分鐘之內，店內又回歸到原本的安靜氣氛。

十香一臉呆滯地看著兩名男子被好幾位客人帶走，露出困惑的表情皺起眉頭。

「……唔……唔？」

不過，她立刻驚覺某件事，走近士道。

「士……士道！你沒事吧！會不會痛？」

「喔……喔喔，我沒事。」

看見十香的表情恢復原本的樣子後，士道鬆了一口氣，同時回以苦笑。

話說回來，剛才究竟是怎麼回事？士道納悶地環顧客人大量減少的店內。於是——

「——欸，那位可愛的店員。我可以加點嗎？」

就在這個時候，背後傳來了這道聲音。

「什麼……」

士道望向後方，一時說不出話。

因為出現在那裡的，正是用黑色緞帶綁起長髮的士道的妹妹琴里，以及她的朋友，同時也是士道班級的副班導村雨令音兩人的身影。

「琴里——還有令音。妳們怎麼會在這種地方……」

士道詢問後，琴里便拄著臉頰，從鼻間哼了一聲。

「哎呀，難道我們就不能來喝下午茶嗎？」

「可以是可以啦……」

就在這個時候，士道「啊」了一聲瞪大雙眼。

「難不成，剛才那群客人是——」

士道說完後，琴里便揚起嘴角，表現出一副聽不懂你在說什麼的態度移開視線。

這就是最有力的證明。換句話說，剛才那群客人是〈拉塔托斯克〉的機構人員吧。虧琴里還要士道別過度保護十香，結果她自己卻大陣仗保護得如此嚴實。難怪顧客會這麼多。

不過就結果而言，受到了他們的幫助也是不爭的事實。士道聳了聳肩，唉聲嘆了一口氣。

「謝啦，替我解圍。」

「哼，我又不是要幫你。別談這個了，我說十香啊。我想吃甜點，有什麼推薦的嗎？」

「唔……？」

突然聽見這個問題，十香一雙眼睛瞪得老大。

「唔……啊，對了，牛奶泡芙很好吃喔。我推薦這個！」

「這樣啊，那給我來一份。」

「了解！」

十香精力充沛地點了點頭。士道見狀，微微揚起了嘴角。然後，打算回到自己的座位。

然而——

「……嗯？」

在走回去的途中，他的袖子突然被人從後方一把拉住，他因此停下了腳步。

往後方望去，發現十香一臉寂寞地揪住士道的衣服。

「士道你……不吃嗎？」

「啊，我嘛……」

士道搔了搔頭，瞥了一眼留在自己座位上的拿坡里義大利麵小山，然後吐了一口氣。

「那麼……我也來一份妳推薦的泡芙好了。」

士道如此說完，十香便露出開朗的神情回答：

「嗯！」

◇

幾天後，十香安然無恙地結束了打工。結果神無月帶著兩名男子造訪五河家。

眼熟的長相。是在「La Pucelle」找十香麻煩的那兩個男人。只是，他們的行為舉止宛如淋雨的小型犬，全身不停顫抖，跟先前簡直判若兩人。

「好了，你們兩個，有什麼話要說嗎？」

神無月面帶微笑說完，兩人便抽動了一下肩膀，發出顫抖的聲音：

「不好意思……真的很抱歉。」

「我對天發誓，絕對不會再去那家店搗亂……」

兩人垂著頭如此說道。士道和十香看見兩人態度一百八十度大轉變的模樣，不禁彼此對看。他們究竟是受到何種對待才會在這麼短的期間內性格大變？

「嗯呼。真乖啊，你們兩個。」

神無月如此說完，將手搭在男人們的肩膀上，結果兩人又開始發抖，不知為何迅速地用雙手按住屁股一帶。該不會被打屁股了吧？

「哎，這兩人似乎也改過自新了，怎麼樣？不如就原諒他們吧。」

「喔……是可以啦……」

「嗯，士道說可以的話，就原諒他們。」

士道和十香說完，兩名男子熱淚盈眶，當場跪了下來。

「謝謝你們……謝謝你們……！」

「要是……要是你們不原諒我們，我們就完蛋了……！」

……說真的，他們到底受到什麼樣的對待啊？

士道一臉納悶地皺起眉頭，神無月便微微一笑說：「那麼，告辭了。」然後帶著兩人離開。
五河家的玄關前只留下士道和十香，兩人呆愣地凝望三人消失的街道，片刻過後，「呼」地吐了一口氣。
「……去上學吧。」
「嗯，說的也是。」
沒錯。現在時刻是上午八點。三人恰巧在士道和十香正要去上學的時候登門拜訪。
就在這個時候——
「啊！對了，士道！」
十香像是想起了什麼事情似的大喊，然後開始翻找書包。
「嗯……？怎麼了？」
「這個給你！」
說完，十香將一只掌心大小的小包裹遞給他。上面繫著可愛的緞帶，就像禮物一樣。
「為什麼給我這個？」
士道詢問後，十香便發出「哼哼」兩聲，洋洋得意地挺起胸膛。
「嗯！這是我用打工賺來的錢買的！希望你一定要收下！」
「用打工賺的錢買的？幹嘛這麼破費啊？難得賺了錢，拿去買自己的東西不就好了？」

不過，十香搖了搖頭。

「這樣不就沒意義了嗎？我本來就是為了送你禮物才開始打工的。」

「咦？」

「亞衣她們啊，說只要打工賺錢就能報答平常照顧我的士道。所以……我才去打工。」

「啊——」

士道瞪大了雙眼。他想起前幾天，亞衣、麻衣、美衣拜託十香打工的時候，對她竊竊私語地說悄悄話的事情。他還以為那三個人鐵定是以蛋糕吃到飽引誘十香……看來並非如此。

「呃，可是，這份禮物……」

「士道……你不高興嗎？」

十香一臉不安地凝視士道。士道發出「唔……」的聲音，一時之間說不出話來，輕輕嘆息。

「沒這回事。我很高興喔——謝謝妳，十香。」

「唔……嗯！」

十香笑容滿面地點了點頭。看見她那如太陽般燦爛的笑容，士道也跟著露出微笑。

「我可以打開嗎？」

「當然！」

士道經過十香的同意之後，小心翼翼地拆開包裝，將裡面的東西拿出來放到掌心。

然後——看見那樣東西，理解它的用途後，臉頰便流下一滴汗水。

「……這……這是……」

因為包裹裡放著的東西是一只四葉幸運草形狀、閃閃發光的美麗髮夾。

「嗯，我說要送朋友禮物，店裡的人就推薦我這個！戴上這個髮夾好像會帶來好運喔！」

「這……這樣啊……謝謝妳，我會好好珍惜。」

士道露出僵硬的笑容，將髮夾收進口袋中。

「唔？你不戴上嗎？」

「呃……這個嘛，我……」

士道吞吞吐吐，不知道該如何回答，於是十香的表情立刻變得陰鬱。

「你……你果然……不開心吧……？抱歉……我不知道你想要什麼……」

「沒……沒有！沒這回事……！」

「……唔……真的嗎？」

十香抬起視線凝視士道的臉龐。

「唔……」

如果有男人抵抗得了這種眼神，請務必把他帶來這裡。士道思考著這種事情，以生疏的動作夾起頭髮。

高中四糸乃

HighschoolYOSHINO

DATE A LIVE ENCORE 4

「撲通！撲通！」心臟刻劃著劇烈的節奏。

當然，這劇烈的心跳聲不可能被外面的人聽見。但對現在的四糸乃而言，這可是件令她十分憂慮的事情。四糸乃把手抵在胸口，深深呼吸了一口氣好讓心跳平緩下來。

「…………」

四糸乃目前位於一個狹窄陰暗的空間，就連嬌小的四糸乃也無法在裡頭坐下。光源只有從縫隙照射進來的外部亮光。若是四糸乃孤身一人——正確來說，若是沒有左手的「四糸奈」，她肯定害怕得不敢進去。

四糸乃在這樣的空間裡隱藏住氣息。

幾分鐘後，從門外傳來的細小聲音逐漸遠離。

「……嗯，聽不到聲音了呢。好像離開了喔，四糸乃。」

「四糸奈」如此輕聲呢喃。

「嗯……嗯……」

四糸乃推開前面的門，門扉發出「嘰」的聲音後，光線便在視野中擴展開來。

四糸乃探出頭左右張望，確定沒有人後，走出躲藏到現在的置物櫃。

她盡可能不發出聲音地關上門，再次環顧四周。
這是個非常廣闊的設施，跟她剛才藏身的置物櫃空間截然不同。
遠比〈佛拉克西納斯〉寬廣的通道朝左右延伸開來，可以看見好幾扇窗戶和門。以整齊劃一的直線構成的這個空間，與其說是井然有序、沒有多餘裝飾的清新美感，倒感覺像是瘋狂科學家的研究設施，令人莫名感到不舒服。
「呼～～剛才好險喔～～差點就被發現了呢～～」
高亢的聲音震動四糸乃的鼓膜。四糸乃往左手望去，讓逗趣的兔子手偶做出擦拭汗水的動作，同時一張一合地動起她的嘴巴。她是四糸乃獨一無二的摯友「四糸奈」。
「嗯……千鈞一髮呢……」
「還好附近有能藏身的地方。好了，我們快走吧！」
「嗯……嗯……！」
聽見「四糸奈」說的話，四糸乃用力地點了點頭。
她抿起雙脣，握緊拿在右手的包包提手。
沒錯——四糸乃和「四糸奈」現在身負非常重大的任務，因而潛入這座巨大的設施。

數十分鐘前。

飄浮在天宮市上空一萬五千公尺的空中艦艇〈佛拉克西納斯〉艦橋上充斥著緊張的空氣。

「——這是非常重要的任務。」

坐在艦長席上的司令官五河琴里發出細微沉重的聲音。

這名少女用黑色緞帶將長髮綁成雙馬尾，將深紅色外套披在肩膀上。明明年紀跟四糸乃相差無幾，但從她的聲音和姿態卻能窺見立於上位者的英姿和威嚴。

「派特務潛入該設施，與目標人物接觸。將機密物資交給目標人物後返回……用說的倒是簡單，但執行起來非常困難。期限是三小時。要是失敗——最壞的情況，就是周邊一帶有可能化為焦土。」

聽見琴里說的話，艦橋上響起船員們吞嚥口水的聲音。

琴里瞥了一眼船員們的反應後，望向站在她正前方的四糸乃。

「——四糸乃，可以拜託妳執行這項任務嗎？」

瞬間，船員們的視線投射在四糸乃身上。

「…………！」

四糸乃不由自主地感到畏縮，但她站穩腳步，下定決心點了點頭。

「……好……好的，我願意。請讓我……接下這項任務。」

「……雖然是我拜託妳的，但妳真的有信心嗎？」

「唔……」

聽見這句話，四糸乃差點垂下頭。

但就在這個時候，她左手的「四糸奈」戳了戳她的臉頰，為她加油打氣。

「妳可以的，四糸乃。有我陪著妳！」

「！嗯……嗯……！」

四糸乃搖了搖頭甩開不安，再次面向琴里。

「拜託妳……請讓我去。我也想……幫上大家的忙……」

「……這樣啊。」

琴里「呼」地吐了一口氣後，從艦長席上緩緩站起來。

「那麼，就麻煩妳了。神無月，把東西拿給她。」

「是！」

一名站在琴里背後的高挑男子回應琴里，拿出一個密封得嚴實的包包，交給四糸乃。

「這……這是……」

「沒錯。這是擔任此次任務重要關鍵的機密物資。跟目標人物接觸，把這個交給他，就是妳的任務。要小心拿好，就像拿著硝化甘油或抱著睡著的幼童一樣謹慎。還有，絕對不能在接觸目標人物前打開。」

「我……我知道了。」

雖然不太清楚硝化甘油是什麼東西，但總之就是要小心拿好吧。四糸乃神情緊張地點點頭。

「還有，把那個也拿給她。」

「是！」

說完，神無月這次則是將一件好像在哪裡看過的衣服和一只腰包交給四糸乃。

「這是……？」

「潛入用的衣服——還有躲藏逃亡用的三個祕密武器。遇到困難的時候記得使用。」

「我……我知道了……」

四糸乃點點頭後，琴里猛然揮了揮手。

「很好。四糸乃去換衣服吧。沒時間了，五分鐘之內換好。其他人準備傳送裝置。等四糸乃著裝完畢後，就立刻執行作戰行動。」

「了解。」

「開始移動到該設施空域。」

聽見船員的聲音，琴里用力地點點頭。

然後，朝四糸乃豎起大拇指。

「——四糸乃、四糸奈，拜託妳們嘍。天宮市的和平，全靠妳們的努力了。」

「好……好的……！」

「了解！」

四糸乃和「四糸奈」如此回應琴里。

「這個地方……好奇怪喔，四糸奈……」

四糸乃注意四周，發出只讓「四糸奈」聽見的細小聲音呢喃，在寬廣的走廊上前進。

真是非常奇妙的空間。明明四處都可聽見模糊的人聲和聲響，走廊上卻不見人影。雖然對不能被人發現的四糸乃來說是再好不過的事，但就像有許多人隱藏氣息在觀察四糸乃一樣，令人感到毛骨悚然。

「就是說啊～～總覺得很可疑。該不會是在做什麼奇怪的研究吧？之前和士道一起看電視時不是有播嗎？瘋狂科學家不停進行人體實驗，最後製造出了怪物……」

「別……別說了啦，四糸奈……」

「啊哈哈，我開玩笑的啦！」

「四糸奈」雖然壓低音量，卻還是發出爽朗的笑聲。

照理說，執行這種潛入時應該是嚴禁說話的，但是……現在四糸乃很感謝「四糸奈」開玩笑緩解她害怕的心情。四糸乃微微露出笑容，加快腳步。

「呃？接下來要怎麼走啊？」

「我想想……目的地好像是在三樓。琴里說，最好先上樓……」

「嗯，OK！那要往對面走。」

就在「四糸奈」說完，望向走廊深處的瞬間——

「……！」

四糸乃抖了一下肩膀。

理由很單純。因為傳來有人說話的聲音。

「四……四糸奈……！」

「快點躲起來！附近有像剛才那樣的置物櫃嗎？」

聽「四糸奈」一說，四糸乃左右張望，但走廊是一路到底的通道，附近也沒看見置物櫃。

「沒有耶……怎……怎麼辦？」

「沒辦法了，先往回走，讓他們先通過吧！」

「嗯……嗯……！」

四糸乃點點頭後，盡量不搖晃右手握住的包包，開始往回走。

然而——

「啊……！」

四糸乃卻在此時停下腳步。因為後方也傳來了某人發出的腳步聲。

「四……四糸奈，後面也有人過來了……！」

「妳……妳說什麼！」

「四糸奈」假惺惺地做出驚訝的反應。

但是在她們對話的同時，說話聲和腳步聲也越來越接近。四糸乃混亂得眼珠子直打轉。

「沒辦法了……使用琴里交給妳的那個東西吧！」

「咦……？那個東西是指？」

「就是其中一樣祕密武器啊！快點！」

「啊——嗯……嗯……」

這麼說來，還有祕密武器的存在。四糸乃點了點頭後，原地放下包包，翻找腰包。然後，拿出被壓縮變小的布塊。

四糸乃和「四糸奈」同心協力地攤開布塊後，便將背緊貼牆壁。接著用右手和「四糸奈」的嘴巴抓住布的上端，利用日本忍者隱身術的訣竅遮掩住自己的身體。

「…………」

她盡可能隱藏住氣息，維持這個姿勢佇立在原地。

於是，左右方立刻傳來說話聲和腳步聲——在四糸乃的面前突然停止。

「……！」

該不會被發現了吧……？心臟跳動的速度異常加劇，指尖開始不停顫抖。

「……這個是什麼東西啊？」

「不知道……」

「還是警告他一下比較好吧？」

「不用吧……又沒關係，是個人的興趣嘛……」

不過，就在聽到這樣的聲音後，腳步聲便立刻慢慢遠離。

「沒事了，人已經走了！」

「呼……」

聽「四糸奈」這麼一說，四糸乃吐出安心的氣息，並且放下掩蓋住自己身體的布。

「哎呀～～不愧是琴里的祕密武器，大家完全沒發現呢～～」

「是……是這樣嗎……」

感覺很顯然被人發現了……是她多心了嗎？

總之，沒有被人逮到，結果很順利。四糸乃把布折好收進腰包裡，拿起放在走廊的包包後，再次邁步朝目的地前進。

她一邊注意四周，爬上樓梯。

然而，就在途中——

「——哎呀？」

「噫……！」

碰巧遇見正好走下樓的一名女性。

這名女性戴著眼鏡，身材嬌小。仔細一看，長相非常柔和，但是……對極度怕生而且正在執行任務的四糸乃而言，光是有人突然出現，在她眼裡就像看見妖魔鬼怪那類的東西。

「妳那身制服……是我們學校的學生嗎？但妳看起來好像……國中生，還是小學生？妳怎麼會在這種地方……」

眼鏡女一邊說一邊靠近四糸乃。

「她攻過來了！四糸乃，快逃！」

「……！……！」

聽見「四糸奈」高聲吶喊，四糸乃反射性地想逃離現場。

但因為急忙改變方向的關係，絆到自己的腳，當場跌了一大跤。

「呀……！」

「！妳……妳沒事吧？」

眼鏡女一臉擔憂地奔向四糸乃的身邊，朝她伸出手。

這一定是出於善意的舉動吧。然而對現在的四糸乃來說，只認為是那名女性想攻擊自己。

「啊……啊啊……！」

四糸乃一步一步向後退。就在這一瞬間，左手的「四糸奈」探出身子，狠狠咬了一口那名女性朝四糸乃伸出的手。

「呀！這……這是什麼啊！」

「四糸乃！趁現在！」

「……！」

四糸乃察覺到「四糸奈」的用意，坐起身子，然後撿起包包邁步奔離現場。

「啊……妳等一下！」

後方傳來女性的聲音，但四糸乃不予理會，繼續移動腳步。

而那名女性似乎也不輕言放棄，雖然奔跑的速度緩慢，但仍然追在四糸乃的後頭。

「等……等一下！妳為什麼要逃跑啊！」

「糟糕！她追上來了！趕快逃進其他地方！」

「其……其他地方是指……」

「！四糸乃，逃進那個房間！」

「好……好……！」

四糸乃聽從「四糸奈」的建議，逃進附近的房間裡。

幸好，房間裡一個人都沒有。但牆邊擺放了一堆畫作和石膏像，有些可怕。

不過，沒時間說這種悠哉的話了，那名女性馬上就會追上來了吧。

就在四糸乃感到驚慌失措的時候，「四糸奈」捶了一下手心。

「四糸乃！使用琴里的第二個祕密武器吧！」

「第……第二個祕密武器是……？」

「沒錯！就是必殺麵粉炸彈！」

「好……好……！」

四糸乃再次翻找腰包。祕密武器之二——必殺麵粉炸彈。一丟出去就會釋放出麵粉煙幕，遮蔽對方的視野，屬於逃走用的武器。

躲在房間裡等待追蹤者，在對方來到房間中央一帶的時候讓炸彈爆炸。然後趁對方視野一片模糊而感到驚慌的時候逃跑。這個作戰還不賴。

然而——

「啊……！」

可能是一時情急吧，四糸乃不小心讓從腰包拿出來的白色球體掉落在自己的腳邊。

瞬間響起「砰」的一聲，白粉飄散四周，好一陣子什麼都看不見。

等到煙幕散去的時候，四糸乃從頭到腳一片雪白。

「咳……咳！」

「妳……妳還好嗎，四糸乃？」

「四糸奈」也染上一身白，她一臉擔憂地望向四糸乃。

「我……我沒事……不過，麵粉炸彈……」

四糸乃俯看著在自己腳邊呈放射狀散開的白色粉末，絕望地說道。竟然把重要的武器浪費在這種地方。

可是，沒有時間了。房間外的腳步聲越來越靠近。

「怎……怎麼辦——」

「！四糸乃！那個！」

就在四糸乃驚慌失措的時候，「四糸奈」指向房間深處。那裡裝飾著好幾個造型莫名寫實的石膏像。

「咦……那個怎麼了……」

「別問了，趕快爬上去！」

「咦？嗯，好……」

四糸乃一臉不安地皺起眉頭，但還是照「四糸奈」的指示爬上擺放好幾個石膏像的架子。

「然後隨便擺個姿勢！」

「像……像這樣嗎……？」

「好，不要動！」

「四糸奈」大喊。四糸乃聽從「四糸奈」所說的靜止不動——這才終於明白她的用意。

簡單來說，就是利用一片雪白的身體混在石膏像裡面以假亂真，逃避追蹤者的追捕。

「原……原來如此……」

把失敗轉變成計策。多麼冷靜又正確的判斷力啊。四糸乃忍不住差點發出讚嘆聲。

然而——

房間的門「嘎啦」一聲被打開，隨後一名戴眼鏡的女性上下動著肩膀，氣喘吁吁地走了進來。她走到四糸乃的面前後——

「……呃，那個……妳在幹什麼啊？」

如此說道，臉頰滴落汗水。

看樣子，似乎一下子就被認出來了。

「噫……！」

四糸乃因為出乎意料的事態而大吃一驚，身體便失去平衡，從架子上摔了下來。四周揚起麵粉煙霧。

「妳……妳還好嗎？」

「……！」

女性走近四糸乃。四糸乃「噫！」的一聲，縮起身體。

「沒……沒想到她竟然能看穿妳！小心一點！這個人絕非等閒之輩！」

「四糸奈」全身顫抖地說道。不過事到如今才想要小心也為時已晚了。

眼鏡女踏著緩慢的步伐，逐漸拉近和四糸乃的距離。

「不要……過來……」

四糸乃過於害怕，屁股貼著地面就這麼往後逃。不過，馬上就被逼到了牆邊。無路可逃！

在絕望掠過四糸乃腦海的時候，她左手的「四糸奈」大喊：

「既然這樣……四糸乃！使用最後的祕密武器！打開腰包！」

「咦……？」

四糸乃還搞不清楚狀況就照著「四糸奈」說的去做，打開腰包。

於是，「四糸奈」將身體塞進腰包內，蠕動身體後，「咻」一聲地猛然朝那名女性衝去，緊貼住她的嘴巴。當然，四糸乃的手也跟著被拉過去，於是就這麼站起身來。

「咦——呀！」

眼鏡女被「四糸奈」按住嘴巴，發出短促的尖叫聲。

女性掙扎了一陣子後，身體立刻失去了力氣，當場癱倒在地。

「這……這是……」

女性完全失去意識，就算四糸乃觸碰她的臉龐，她也絲毫沒有反應。四糸乃感到有些害怕，望向「四糸奈」。

「四……四糸奈……剛才是怎麼回事？」

「是琴里託付給我的最終武器！名字就叫作三氯甲……咳咳，魅惑超級費洛蒙！」

「四糸奈」刻意清了清喉嚨。

「……呃，那個……」

四糸乃一臉困惑地將臉湊近「四糸奈」。不過，她在「四糸奈」的肚子一帶感到一股刺鼻的臭味，因而停止了動作。恐怕……應該說肯定是沾上了什麼藥品。

「好了！趁現在趕快走吧！」

「說……說的也是……」

雖然擔心眼鏡女，但畢竟時間不多了。四糸乃拍落附著在身上的麵粉後，便拿著包包離開了房間。

緩下來。

「呼……不過，剛才那個人還真是窮追不捨呢。」

「嗯，對啊……」

四糸乃因緊張、恐懼和突然的運動，心臟劇烈作響。她深深地呼吸了一口氣好讓心跳多少平

「她那麼執著地追著我們跑……要是被她抓到，不知道會受到什麼樣的對待……」

「不……不會吧……」

四糸乃將眉毛皺成八字形。這麼說來，琴里完全沒提到要是被人發現抓住，會有何下場。

然而，就在四糸乃感到忐忑不安的時候，「四糸奈」哈哈大笑。

「啊哈哈！抱歉抱歉，嚇到妳了吧。別擔心啦，琴里不可能派妳去那種危險的地方啦！」

「說……說的也是……」

「就是說啊。可能多少會挨點罵啦，但不可能拷問妳或是活生生把妳開腸破肚，做出這種可怕的事情啦～～」

雖然覺得這些例子未免舉得有些具體，但這麼一想後，總覺得心情輕鬆了一些。因緊張而顫抖的步伐也自然漸漸輕盈起來。

就在四糸乃走在走廊上的時候，看見前方出現了一個大房間。門上的牌子寫著「生物室」。

看樣子，裡頭似乎有好幾個人。可以聽見陣陣嘈雜聲透過牆壁和門扉傳了出來。

「千萬得小心別被發現了！」

「嗯，好。」

四糸乃按照「四糸奈」所說，放輕腳步，躡手躡腳地前進。

然而，就在她正要經過門前時，室內「呀！」地傳出尖叫聲，令四糸乃不禁屏住了呼吸。

「……！」

「沒事，好像沒被發現～」

「四糸奈」輕聲說道。於是，四糸乃鬆了一口氣。

「太好了……不過，到底發生了什麼事呢……」

雖然四糸乃明白她必須加緊腳步，但她實在非常在意剛才的尖叫聲。於是她從微微開啟的門扉縫隙窺視室內。

房間很寬敞，並排著好幾張黑色桌子。到處擺放著不知用途、類似實驗用具的東西，房間內側還裝飾著瓶裝動物和昆蟲標本。

「這裡……是怎麼回事啊……」

房間裡有好幾十個人，大家都聆聽著一名身穿白袍的老年人說話。

看見那名白袍人手邊的某樣東西，四糸乃不禁嚇得說不出話來。

「……！」

因為那裡有一隻青蛙被銳利的刀具剖開肚子，露出內臟。

白袍人嘴裡唸唸有詞，用手裡的銀色利刃戳了戳青蛙。於是青蛙的腳產生反應，一顫一顫地抽動。

「嗚哇……好殘忍啊～～」

「……！」

四糸乃挪開視線，不忍心看下去。

「那些人……在……在做什麼啊……」

「唔……不知道呢。看起來好像也不是……在做菜啊。」

就在這個時候，四糸乃赫然瞪大了雙眼。

「那隻青蛙……該……該不會像我們一樣，入侵這裡的時候被抓到了吧……？」

「不不不……怎麼可能嘛。」

「說……說的也是……」

「——啊！」

四糸乃吐出安心的氣息後，原本望著室內的「四糸奈」突然發出叫聲。

「四糸奈，妳怎麼了……？」

「！四……四糸乃，不要看！」

雖然「四糸奈」出聲制止，但為時已晚。四糸乃再次窺視室內。

於是，她發現站在房間深處的某樣東西。因為剛才被人遮住，所以沒有看見。

「噫……！」

當四糸乃目睹那個東西的瞬間，喉頭顫抖，當場一屁股跌坐在地。

不過，這也難怪吧。

因為站在那裡的是全身有一半的皮膚被剝開，露出內臟和肌肉的人，還有一具完全白骨化的屍體。雙方都被固定成直立的姿勢，有種殺雞儆猴的意味存在。

「那……那……果然是被抓到的人的……」

四糸乃從喉嚨擠出聲音。明明不冷，手腳卻不住地顫抖，牙根喀噠作響。

四糸乃的擔憂果然成真了。未經許可擅自闖入的人會被活生生地剝下皮，製成標本……！

「怎……怎怎……怎麼辦，四糸奈……！」

「四糸乃，妳冷靜點。不可能發生這種事……」

「那……那麼，那是怎麼回事……？」

「唔，這個嘛……」

「四糸奈」支支吾吾說不出話來，一臉困惑地歪了歪頭。

總之，得盡快離開這裡才行。四糸乃好不容易壓抑住發抖的雙腳，原地站起身來。儘管腳步踉蹌，還是勉強前進。

「總……總之，快點完成任務，讓琴里接我們回去吧！」

「說……說的也是……」

四糸乃用力點點頭激勵自己。

然而就在這一瞬間，從某處傳來「噹——噹——……」響徹整棟建築物的巨大聲響。

「咦……咦……？」

四糸乃不明白發生了什麼事，左右張望。不久，四周的房間便響起挪動椅子的聲音。

接著，好幾扇沿著走廊排列的門扉應聲開啟，隨後好幾個人接二連三地來到走廊，身上穿著和四糸乃相同的西裝外套和百褶裙。

「————！」

四糸乃蜷縮起身體。

——然後，立刻察覺到某種可能性。

剛才的尖銳聲響可能是發現入侵者時所使用的緊急警報。雖然種類不同，但遇到緊急狀況時，〈佛拉克西納斯〉內似乎也會響起這類的警報聲。儘管四糸乃並沒有感受到，但她肯定觸碰到了什麼感應器吧。

如果是這樣，剛才走出教室的人們勢必是以類似特務的身分出動來追捕侵入者四糸乃的吧。

察覺到這件事的瞬間，四糸乃屏住呼吸，立刻逃離現場。

但是，她絕不可能避開如此眾多人數的耳目順利脫逃。人們旋即望向四糸乃，像是發現了她一樣。

「嗯？那是怎麼回事……」

「為什麼會有小孩在高中裡面……是老師的女兒嗎？」

「啊，她的左手好像戴著布偶耶，好可愛喔～～」

雖然聽不太清楚對方說話的內容，但肯定是「就是那傢伙！」、「抓住她！」、「剝掉她的皮！」這類極為驚悚的對話吧。四糸乃不理會心肺發出的哀號，奔馳著經過走廊。

然而──

「！嗚哇！麻衣、美衣，妳們看那個！」

「呀！那個可愛的生物是什麼啊！」

「呈三角隊形，立刻捉住她！」

就在這個時候，前方出現了三名少女，朝四糸乃撲了過來。

「噫……！」

四糸乃緊急剎車，當場停了下來。於是，三名少女便撲倒在四糸乃的前方。要是四糸乃沒有減速，肯定會被抓到吧。真是千鈞一髮啊。

「還沒完呢！」

「在可愛東西的面前！」

「我們是不會感到疼痛的！」

然而，三人明明在走廊上摔了個狗吃屎，氣勢卻絲毫沒有減弱。應該說，反而增強了。

她們立刻原地起身，左右散開，包圍住四糸乃。

「咦……啊，啊——」

「妳……妳們想怎樣！」

然後，正當四糸乃和「四糸奈」感到驚慌失措的時候，那三人手牽著手，宛如要開始唱起兒歌似的在四糸乃的周圍團團轉了起來。

「呀啊啊啊啊啊啊！布偶說話了————！」

「好厲害，好會說腹語喔！」

「再表演其他東西來看看嘛～～」

說完，三人朝四糸乃伸出手，開始用手梳理她的頭髮、撫摸「四糸奈」以及捏捏她的臉頰。

「嗚哇！頭髮好有光澤喔！」

「布偶軟綿綿的好好摸！」

「臉頰好軟喔！」

三人露出陶醉的表情不停玩弄四糸乃與「四糸奈」。「四糸奈」似乎打算像剛才對付眼鏡女那樣，用那個叫三氯甲什麼的東西攻擊她們。但「四糸奈」的身體完全被壓制住，動彈不得。

「呀～～！妳在摸哪裡啊～～！色鬼～～！」

「啊……啊……啊……」

四糸乃因不明所以的恐懼而發抖，隨即猛然揮開她們的手，逃出三人的包圍。

「啊！她逃走了！」

「再讓我多摸幾下嘛！」

「超軟Q～～～～～！」

後方傳來三人的吶喊聲。四糸乃拚命移動雙腳。

不過——

「四糸乃，前面！」

「……！」

就在四糸乃向後瞥了一眼試圖確認三人的狀況時，撞上迎面而來的一名少女。

儘管沒有跌倒，但四糸乃認出了那名人物的長相，「噫！」的一聲屏住呼吸後，絕望地瞪大了雙眼。

「——〈隱居者(Hermit)〉，妳怎麼會在這種地方？」

少女以冷靜的口吻如此說完，對四糸乃投以冰冷的視線。

及肩的頭髮，如洋娃娃般端整的容貌。但她的表情冷漠，甚至像是冷冰冰的機器一樣。

四糸乃十分熟悉她的面容。她是以殺害四糸乃等這些精靈為目的的特殊部隊——ＡＳＴ的一員。記得名字好像叫——鳶一折紙。

「啊……啊……」

被士道封印靈力前的記憶在四糸乃的腦海裡甦醒。

毫不猶豫地朝四糸乃發射無數彈藥，懷抱敵意與殺意攻擊她，身穿機械鎧甲的人們。

「嗚……啊……啊啊啊啊啊啊啊啊……………！」

想起這些事情的瞬間，四糸乃的恐懼到達了頂點。

——視野模糊、意識朦朧、口齒不清。感覺「四糸奈」好像在說什麼話，但她聽不到說話的內容。

緊接著，四糸乃感受到一感暖流流進體內。

下一瞬間——宛如整間學校被放入冰箱似的，周圍的氣溫急速下降。

「……！這是……」

耳邊傳來折紙慌亂的聲音。

不過，那或許也是理所當然的事吧。因為並排在右方的洗手臺的水龍頭以及天花板上的灑水裝置同時噴出水來。

就在這個時候——

「什麼……四糸乃！」

背後傳來熟悉的聲音。

「……！」

往聲音來源望去，便看見四糸乃尋找的「目標人物」的身影。

四糸乃不禁因安心而露出微笑。

然而，就在那一瞬間——

想必是通過建築物內部的水管破裂了的關係，天花板的一部分隨後崩塌——朝著四糸乃掉了下來。

「——————！」

「四糸乃——————！」

四糸乃不由自主地蜷縮起身體，閉上雙眼。

不過，緊接著朝四糸乃襲來的並非建材掉落下來的衝擊，而是類似被人緊緊抱住的觸感。

四糸乃直接被人推倒，改變了身體的方向——「咚！」的一聲，傳來微微的震動。

她睜開眼睛後，便發現「目標人物」的臉龐就近在眼前。

看來是他在千鈞一髮之際抱住四糸乃，拯救了她。

「士……士道……」

四糸乃呼喚名字後，「目標人物」——五河士道便大聲打了個招呼。

「痛痛痛……妳沒事吧，四糸乃？」

「是……是的……謝謝你。不過，那個……」

四糸乃難為情地說了。

不過，這也是理所當然的事。因為士道在拯救四糸乃的時候，害她的裙子整個掀了上來，一隻手還塞進了她的裙子裡。

「！抱……抱歉！」

「不……不會……沒關係。」

四糸乃紅著臉頰整理好裙子。士道則是一臉尷尬地搔了搔臉頰。

「話說，四糸乃，妳怎麼會在這裡地方……」

就在士道感到困惑的時候，後方傳來另一個「目標人物」——十香的聲音。

「什麼……鳶一折紙！妳這個傢伙，到底對四糸乃做了什麼！」

「什麼也沒做啊。我只是走著走著，撞到了〈隱居者〉罷了。」

折紙淡淡地回答。十香像是在表達「鬼才相信咧」的樣子，露出懷疑的眼神瞪視折紙。

士道一邊安撫著兩人，並且面向四糸乃。

「所以，妳怎麼會來，四糸乃？」

「那……那個……」

士道如此詢問。四糸乃吸了吸鼻涕後繼續說道：

「我……我……是來送這個的……」

四糸乃說到一半，抖了一下肩膀。

「不好了……包包可能濕……」

她說著將視線落在自己的手上。沒錯，包包緊緊握在她的右手，但可能因為剛才的騷動被水淋得濕答答的。

不過，包包上——

「呼……真是千鈞一髮呢～～」

卻看見「四糸奈」的身影。她包覆住整個包包，挺身保護了它。

「四糸奈……！」

「哎呀，包包可能有點濕掉了，但裡面的東西應該沒事才對～～」

「謝……謝謝妳……」

四糸乃用臉頰磨蹭淋成落湯雞的「四糸奈」後（這時，她身上微微傳出刺鼻的臭味），將包包遞給士道。

「那個……士道，給你……」

「咦？這是……」

士道一邊說一邊打開被嚴實地密封的包包，然後——瞪大了雙眼。

「這是……我和十香的便當？」

沒錯。放在包包裡面的東西就是士道和十香兩人的便當。

「咦？難不成，我今天忘了帶便當來學校嗎……？」

士道似乎這才終於發現這件事的樣子。他搔了搔頭後望向四糸乃。

「抱歉啊，妳是特地送便當來給我的嗎？」

士道如此說道。

——但四糸乃已經到達極限了。

士道的溫柔令她感到開心，但覺得自己沒用的心情更加強烈。她低下頭開始抽泣，眼淚撲簌簌地滑落。

「嗚……嗚……嗚……」

「四……四糸乃！妳怎麼哭了！」

「……對……不起……我老是幫不上忙……我想要幫你的忙……才硬是拜託琴里讓我來學校

……結果，還是給大家添麻煩了……」

說完，她抽抽噎噎地哭泣。

「四糸乃……」

士道吐出一口悠長的氣，揚起嘴角。

「沒這回事。謝謝妳幫我們帶便當來，四糸乃。」

「咦……？」

「要是妳沒來，我們就沒午餐吃了。這麼一來，妳想十香會變成怎麼樣呢？對吧，十香？」

士道說著朝十香望去。話題突然轉到十香身上，令她慌慌張張地點點頭。

「唔……嗯，就是說啊。要是妳沒來，可就糟糕了吶！」

「妳看吧？」

「咦，那個……」

「所以，別說自己沒用。真的很謝謝妳。」

士道如此說完，摸了摸四糸乃的頭。

四糸乃瞪大了雙眼，但是——她用力吸了一下鼻涕後，露出笑容點了點頭。

「好的……！」

結果，士道和十香那天是有午餐可吃沒錯——

但卻傳出懷疑士道有戀童癖的傳聞。這又是另一回事了。

平凡折紙

NormalizeORIGAMI

DATE A LIVE ENCORE 4

「我問你，五河，所以你到底喜歡什麼樣的女孩子啊？」

「…………！」

某一天，折紙正在來禪高中二年四班的教室準備下一堂課要用的東西，突然聽見一句震動鼓膜的話語，因此抽動了一下眉毛。

她定住頭不動，移動眼珠子望向右方後，看見兩名男學生。

一位是坐在椅子上一臉嫌麻煩的少年——折紙的戀人五河士道，而另一位則是他的朋友，把手抵在桌上的殿町宏人。

「啥？幹嘛突然問我這個……」

士道皺起眉頭一臉厭煩地回答。於是，殿町攤開手上的筆記本，轉動著筆。

「這個嘛，因為我這個月花太多錢了，荷包扁扁啊。所以就想說做一份你的個人檔案來賣，賺點零用錢嘍。」

「你說拿去賣……是能賣給誰啊？哪有人會想買那種東西……」

「你錯了，意外地有潛在需求喔。被代表來禪的兩位美少女追求的酒池肉林王，可是有不少男生想向你學習呢。只要打上『士道大師傳授的桃花祕訣』之類的標題拿去賣，應該會挺有市場的喔……」

「別……別鬧了啦！誰要幫你幹這種勾當啊！」

士道一臉受不了地挺起胸膛。

不過殿町仍不死心，用宛如軟體動物般的動作依偎士道。

「為什麼──有什麼關係，又不會少塊肉！你就當作幫好友一個忙嘛～」

「出賣別人資料的傢伙，才不是我的好友咧！」

士道伸直了手推開殿町靠過來的臉。

他就是討厭這種事。假如是平常的折紙，可能會挺身阻止殿町或是替士道解圍。

然而，折紙沒有任何行動。

理由很單純。因為折紙也很好奇士道喜歡什麼樣的女生。

像是身高、體重等身體方面的資料，或是家庭背景、有幾個親人這種外在資料，在某種程度個人也調查得到，但關於士道情感方面的要素，在折紙引為自豪的龐大資料庫當中也是屬於十分稀有的情報，搞不好有些只能對同性友人透露的祕密。如果殿町編纂的士道檔案中記載著折紙無從得知的情報，賣方開多少價，她可能都會買。

「好啦，拜託你啦～」

「我不要！」

「唔……那我就隨便寫，拿去賣嘍！」

「是、是，要怎樣隨便你！」

「那我就寫說……五河士道其實對女生沒興趣，喜歡的是男生……」

「等一下！你幹嘛亂寫啊！」

「怎樣啦，你自己說隨便我寫的啊！」

「亂寫也有個限度吧！」

「是喔，那你就回答我啊～」

「唔……！」

士道一臉懊悔地發出呻吟，不久便像是舉白旗投降似的嘆了一口氣，胡亂搔了搔頭髮。

「喜歡怎樣的女生喔……就一般的女生啊。平凡最迷人。」

「嗚哇，竟然說出最無聊的回答！」

「你很煩耶。不需要有趣吧！」

士道瞇起眼睛說道。殿町微微聳了聳肩後，提起筆在筆記本上書寫。

「……平凡最迷人。」

折紙在隔壁座位上聽到了這個回答，用誰也聽不見的聲音複述這句話，輕輕握起拳頭。

然後，瞥了一眼士道另一邊的座位。

那裡坐著一個女學生。她是夜刀神十香，擁有一頭如夜色般漆黑的長髮以及水晶眼瞳。光是將她的容貌映上視網膜，折紙就感覺自己的幸福一點一滴地流逝，令人不悅。

雖然現在裝作一副人畜無害的樣子上學，但她可是帶給人類、世界莫大的災害，名為「精靈」的怪物。

而且不知為何，這個女人經常糾纏折紙的戀人士道，每次都來破壞他們兩人的蜜月時光。對折紙來說，她是比夏天夜晚在耳邊嗡嗡作響的蚊子還要令人厭煩的存在。

——不過，士道剛才清清楚楚地說了，平凡的女生最迷人。

沒錯。士道果然不喜歡精靈，而是喜歡像折紙這種平凡的女生。折紙面不改色地從鼻間呼出氣息。

就在這個時候，或許是感受到折紙的視線，十香回頭望向折紙。

「……唔，妳是怎樣，有事嗎？」

「沒有啊。」

折紙悠然說完便將視線轉回前方。沒錯。這就是勝者的從容，才沒時間理會敗者——

「…………！」

此時，折紙抽動了一下眉毛。

——平凡最迷人。

她在心中再次複述了一次士道說的話。

折紙既是打倒精靈的ＡＳＴ部隊的其中一員，同時也是以外科手術將電子零件埋進頭部的巫師。說是「平凡」，似乎有些牽強……？她的腦海裡掠過這樣的疑慮。

士道是折紙的戀人。既然士道說「平凡最迷人」，那麼折紙當然也是「平凡女生」之一。不過……折紙也是個女生，在這個年紀自然會在意一些芝麻小事。

再說，事到如今她無法取出埋進頭部的裝置，也無法離開為了替父母報仇而加入的ＡＳＴ。

「……至少得在其他方面取得平衡。」

折紙如此下定決心後，緊咬牙根抬起頭。

就在這一瞬間，折紙開始執行成為平凡女生的計畫。

〇步驟１　拉低成績。

平凡的女生到底是什麼樣子……正當折紙思考著這件事情的時候，腦海裡最先浮現的是學業成績。

這是最貼近高中生活的順位。用數字對外表現「平凡」，成績是再適合不過的方法吧。

仔細想想，折紙進入這所高中就讀以來，考試幾乎都考滿分，排名自然經常是全年級第一。說是平凡，的確有一點極端。

而且，大家常說頭腦太聰明的女生會令人敬而遠之。當然，士道不可能因為這種理由討厭折紙，但最好還是事先排除不安因素吧。

所幸對折紙來說，成績根本無關緊要。考試成績，只是能考多少就考多少罷了。

折紙「嗯、嗯」地點了點頭後，決定先試著取得普通的學業成績。

「……受不了，殿町那傢伙，給我記住……」

士道在第四堂課上課的時候，一臉不耐煩地拄著臉頰，皺起眉頭。

結果在那之後，殿町問了他一大堆問題直到開始上課。雖然他隨便回答敷衍了事……但只能祈禱不會有學生上了殿町的當。

儘管如此，他也不能老是把心思放在這件事上。現在正在上第四堂課世界史。士道吐了一口悠長的氣打起精神，一邊伸懶腰一邊望向在黑板上寫下文字、通稱小珠的岡峰珠惠老師。

「大家注意，這裡很重要，要好好背起來喔。」

小珠老師說著轉身，拿起放在講臺上的教科書。

「好了……那麼，有人知道下一題的答案嗎？」

接著她如此說道，慢慢轉動脖子環顧整個教室。

不過，看來沒有一個學生舉手。小珠將眉毛皺成八字形，露出苦笑。

「嗯……這題有點太難了呢。沒辦法。那麼，鳶一同學，請妳回答。」

小珠搔著臉頰呼喚折紙的姓名。

這是小珠——不對，是在這個二年四班授課的大部分老師都會使用的最終手段。當沒有人願意回答或是解不出正確答案時，學校第一的秀才鳶一折紙便是擔負此項任務的頭號人選。

「…………」

坐在士道左邊的折紙一語不發地緩緩站起身來。

一如往常的上課光景。之後，折紙會以冷靜且毫無抑揚頓挫的聲音回答出無可挑剔的正確解答，然後小珠會輕輕拍手並誇獎她：「回答得很好。」只要是二年四班的學生，都看過好幾次這樣的過程，想必今天也會再度上演。

然而——

「——我不知道。」

折紙以一如往常的聲音和語調回答。聽見她所說的話，教室的空氣在一瞬間凍結。

「……咦？」

士道也不敢相信剛才聽到的話語，一臉疑惑地環顧四周。是不是有人模仿折紙說話……他的腦海裡掠過這種愚蠢的想法。

不過，班上的同學也露出和士道類似的表情，將視線投注在折紙身上。只有坐在士道右邊的十香覺得大家看起來很奇怪，瞪大雙眼四處張望。

「呃，妳說什麼……」

其中，小珠像是想起了什麼事情似的捶了一下手心。

「啊！妳……妳該不會是不曉得我在問哪一題吧？妳……妳要好好聽課才行啊。我剛才問的是第三題——」

「不是。」

然而，折紙搖搖頭打斷小珠說話。

「我知道妳在問哪一題。我只是單純不知道答案而已。」

「…………」

小珠僵住身體呆愣了好一會兒後，整張臉冷汗直流。

接著，她表現出一副不知所措的樣子，粉筆和點名簿從講桌上掉落。她來回踱步，最後絆到腳，當場摔倒。

「老……老師！妳沒事吧！」

學生大叫出聲。小珠舉起不停顫抖的手，搖搖晃晃地原地站起來。

「也……也也也是，鳶一同學也有有有有有有有有不知道答案的時候呢……好……好了！讓我們打起精神來考小考吧！好嗎！」

小珠以不由分說的語氣說完便開始發考卷。班上的同學平常都會發出不滿的聲音，唯獨今天都默默無語地將考卷一張一張往後傳。

「好……好了，那麼……開始作答！」

小珠如此說完，所有同學便同時將考卷翻到正面。

說到小珠本人，則是趁大家將精力放在小考上的時候，好不容易冷靜下來，開始收拾剛才弄掉的粉筆和點名簿。

過了十分鐘後——

「——時間到，那麼，把考卷從後面傳過來。」

小珠總算恢復了冷靜。大家聽從她的指示，將考卷傳到前面。

然後，小珠照順序收集傳到第一排的考卷——

「噫！」

最後，當她拿起靠窗那一排的考卷的瞬間，露出看到不可置信的東西的表情，屏住了呼吸。她腳步踉蹌，用力撞上牆壁，就這麼癱倒在地。

「老……老師……？」

「妳怎麼了！」

「小珠，妳沒事吧？」

同學們不是露出擔心的表情就是一臉納悶地出聲關心她。就在這個時候，似乎有人被尖叫聲吸引，走廊傳來拖鞋的聲音，教室的門被猛然打了開來。

「發生什麼事了，岡峰老師？從剛才開始你們班就很吵喔。」

探出頭的是一名中年男老師。他是擔任學年主任的數學老師。大概是在隔壁班上課吧。

「啊……嗚……咦……！」

不過，只見小珠老師依然鐵青著一張臉，像是被沖上陸地的魚一樣嘴巴一張一合地指著手上的考卷。

大概是覺得很奇怪，男老師走到小珠的身邊，拿起她手上的考卷。

然後，將視線落在考卷上——

「什麼……！」

他在一瞬間露出和小珠一模一樣的表情，隨後心急地走到士道的旁邊——折紙的座位。

「鳶……鳶一……？妳怎麼了？身體不舒服的話，最好去保健室……」

「沒有，我身體好得很。」

「那……那麼，這是……」

男老師一邊說一邊將小考的答案卷放在折紙的桌上。

「咦……？」

就在這個時候，士道瞪大了雙眼。因為他剛好坐在折紙的旁邊，所以看見了小考考卷。

那張——只寫了一半答案的小考考卷。

「我只是看不懂問題而已。」

「什……什麼……」

折紙以若無其事的口吻說完，男老師便在一瞬間露出目瞪口呆的表情，隨後表情染上憤怒，走回小珠身邊。

「岡……岡峰老師！妳到底是出了什麼考題！竟然讓鳶一折紙解不出來……！」

「我……我出的是很普通的問題啊……只要平常有聽課就能考滿分！」

「但是實際上，她卻說她看不懂題目啊！啊！妳該不會做出考題出得很普通，卻要學生用某個國家的少數民族語言回答這種亂來的行為吧——」

「我……我才沒那樣出呢……」

小珠露出泫然欲泣的表情回答。

折紙表現出一副面無表情卻又帶點複雜的神情看著這幅光景。

「…………」

真是失策。折紙看著展開在教室前的光景，在桌面下握緊拳頭，指甲陷入手心。

她本來打算在士道面前表現出平凡女孩的模樣，卻意外引起不必要的注目。這樣子完全造成了反效果。

「……不過，我還有其他方法。」

折紙的計策尚未用盡。她再次下定決心，露出銳利的視線，輕輕點了點頭。

〇步驟2　女生就是愛聊天。

「噹——噹——……」響起熟悉的鐘聲，表示下課時間到了。

結果，老師們在那之後依然表現出倉皇失措的模樣，根本無心上課。最後得出的結論是：應該有重大的事情擾亂折紙的心，令她沒辦法專心念書。老師們體貼地對折紙說「有什麼事情儘管找老師商量」、「我們學校也有積極地在處理霸凌事件喔」或是「每個星期一、三、五，學校都有生活指導老師當班喔」這類的話，然後離開了教室。

折紙將那些話當作耳邊風，思考著下一個趨於平凡的計畫。

——根據聽來的情報，女生似乎是話匣子一打開就聊不停的生物。

雖然折紙原本就沉默寡言，找不出跟同年代的女生聊天有什麼意義，但重新觀察過後，她發現班上的女生每到休息時間就會分成特定的小團體，開心地聊著天。這一定就是平凡女生會做的事情吧。

聊天的內容天南地北，但都是些聊不聊都沒差的無關痛癢的廢話。原來如此，與其說她們透過聊天來共享重要的消息，倒不如說是從「聊天」這種溝通行為本身得到某種快樂吧。

理解這一點後，事情就好辦了。幸好現在是午休時間，折紙也打算馬上執行和朋友一邊聊天一邊吃午餐的計畫，便拿著便當從座位上站起來。

「…………」

不過就在這個時候，她發現了一件事。

那就是班上沒有折紙平常能隨意聊天的朋友。

這下子可傷腦筋了。折紙嚥下一口口水濕潤喉嚨，並且望向整間教室。

因為在戰場上團隊合作是不可或缺的必要事項，所以折紙在AST時多少會跟隊員們溝通。但立場換成學校班級，可就不是那麼一回事了。跟同學們說話，他們會回應，但也僅止於此。

不過，折紙可不會在這裡認輸。

她宛如鎖定獵物的猛禽般瞇起眼睛，悄悄地接近將書桌併在一起的女生小團體。

「士道！來吃午餐吧！」

十香如此吶喊，將自己的桌子和士道的合在一起。

「是、是……嗯……？」

士道回應十香，同時感到有些奇怪，因此歪了歪頭。

平常折紙會和十香在同一時間將書桌靠過來，但今天卻沒有動靜。

士道疑惑地望向折紙的座位，發現折紙手裡拿著便當靜靜地離開座位，走向在教室前方併桌的三名女生。她們是經常照顧十香的三人組，亞衣、麻衣，還有美衣。

三人開心地談天說笑。折紙站到她們的身後——

「——讓我加入。」

一開口就以毫無抑揚頓挫的聲音如此說道。

「咦……？」

亞衣、麻衣、美衣同時發出聲音，皺起眉頭環顧四周，然後——望向折紙。看來，她們一時之間沒有發現那句話是折紙說出來的。

士道也十分明白她們的心情。只要是這個班級的人，通常都不會認為沉默寡言、不常與人來往的折紙會說出這種話吧。

不過，折紙卻直勾勾地凝視著三人，再次開啟雙脣：

「讓我加入。」

「呃……呃……」

亞衣一臉困惑地搔了搔臉頰。

「妳的意思是……想和我們一起吃午餐嗎？」

「對。」

「是沒關係啦……但妳怎麼突然想和我們一起吃？」

「我想聊天。」

「！這……這樣啊……那妳坐吧。」

美衣疑惑地說著，並且移動到旁邊的座位。

折紙點點頭後，坐在旁邊的椅子上，加入三人的小圈圈。

「…………」
「…………」
「…………」
該說果不其然嗎？先前還有說有笑的三人之間充斥著尷尬的沉默。
不過，折紙表現出沒有察覺到這種氣氛般的態度，打開便當盒後一臉納悶地歪了歪頭。
「妳們……不聊天嗎？」
「喔……喔喔……要……要啊……」
麻衣有些坐立難安地說了……就在這時，她像是想起什麼事情似的「啪！」地拍了手。
「啊，對……對了！大家知道嗎？聽說車站前的雙子星大廈有新的複合式精品店要進駐喔。好像會舉辦開幕特賣會，要不要去逛逛？」
「咦！真的嗎？好耶，我們一起去吧。我剛好想要買夏天的衣服～」
「是嗎？真要說的話，亞衣該買的是新泳衣吧？去年的還穿得下嗎？」
「我可不想被妳這個萬年幼兒體型的人說咧！」
「什麼，妳竟敢這麼損我！」
「——複合式精品店？」
折紙歪了頭，加入三人的對話。

「喔喔，該怎麼解釋呢。簡單來說，就是賣衣服和雜貨的店。」

「鳶一同學妳也有興趣嗎？」

「啊，話說鳶一同學妳平常都去逛什麼樣的店啊？」

聽見三人的提問，折紙輕輕點點頭回答：

「生活上最基本的衣服，我都在網路上買。」

「哦～～是這樣啊。啊，不過，我偶爾也會上網買衣服。」

「嗯、嗯，很方便。」

「可是，親自去逛街挑選也很有樂趣喔。」

美衣說完後，折紙一瞬間做出思考般的動作，接著開口：

「說到逛街，我知道一間特別的服飾店。」

「咦，在哪裡？」

「天宮大道的小巷子裡。」

「是喔，我不太常逛那裡呢～～那是怎麼樣的店呢？」

「賣一些其他店家不常見的商品，我也曾經光顧過幾次。遇到關鍵時刻時，是非常有用的店。記住這家店不會吃虧。」

「那是怎樣，好棒喔。我下次想去逛逛呢～～妳在那家店買了什麼東西？」

看見三人的反應，折紙有些驕傲地點點頭，繼續說道：

「女僕裝，還有學校泳裝。」

「咦……！」

「另外還買了狗耳朵跟狗尾巴套組。」

「…………」

聽見折紙說的話，三人妳看我、我看妳。

「我買的是新品，但他們也有賣二手貨。只是不知道為什麼，二手貨的價錢反而比較貴。大概是骨董貨吧。」

「…………」

「妳們要去嗎？」

折紙詢問後，三人便用力搖了搖頭。

「對……對了！」

亞衣發出精神百倍的聲音重新開啟話題。她從書包拿出一臺小型數位相機。

「妳們看這個，這是我之前買的，怎麼樣啊～～」

「啊～～那是什麼，好可愛喔！」

「咦～～來拍、來拍！」

「好啊。鳶一同學也一起拍吧。來，笑一個。」

「喀嚓！」一聲，亞衣按下快門。麻衣和美衣比出「YA」的動作，但折紙則是面無表情地看著鏡頭。

「咦，好好喔。妳買多少？」

「嗯，兩萬圓左右吧。打工的薪水下來了，所以我就買了。」

「嗚哇，好貴喔！妳真有錢～～」

「——說到相機，我最近也買了一臺。」

折紙再次加入話題。

「咦，鳶一同學妳也會拍照嗎？」

「是喔，真意外呢～～」

「妳買了什麼樣的相機？」

「最新型的ＣＣＤ。」

「咦……！」

聽見折紙的發言，現場再次颳起一陣寒風。

「只要藏得好，連專家都難以發現。」

「…………」

「想要的話，我可以幫妳們買。」

折紙說完後，三人又猛力地搖了搖頭。

「啊……對……對了、對了！別說這個了！」

這次換美衣面向亞衣，改變話題。

「現在重要的是，為什麼亞衣在這種時間點買相機吧。」

「啊！該不會是跟岸和田同學有什麼進展嗎……！」

麻衣眼睛閃閃發光，望向亞衣。

不過，亞衣垂下雙眼，聳了聳肩並且搖頭。

「不好意思辜負了妳們的期待，不過我們完全沒進展。就算我主動邀約他，他也愛理不理的。我果然還是沒希望了吧……」

「沒這回事啦！岸和田同學是草食系男生，得由亞衣妳主動出擊才行！」

「沒錯、沒錯！再接再厲！不可以放棄！」

麻衣和美衣熱情地提出意見，折紙也點頭表示同意。

「我贊同她們的意見。面對內向的男生，只能由我們女生主動引導了。」

「喔喔！鳶一同學發表了大膽的意見！」

「咦！鳶一同學，妳該不會是肉食系女生吧？」

麻衣和美衣反應誇張地大喊，拍了拍亞衣的肩膀。

「妳看，就連鳶一同學都這麼說了，妳要繼續進攻。」

「沒錯沒錯。積極地進攻吧！」

「嗯……嗯，說的也是。我會加油！」

亞衣握緊拳頭，像是重新下定決心似的用力點點頭。

於是，折紙輕輕頷首替她打氣。

「──讓我來傳授一個非常有效的魔法給陷入情網的妳。」

「咦？魔法？」

「哦，鳶一同學意外地擁有一顆少女心嘛～～」

「有什麼關係嘛，亞衣，感覺好像很靈驗呢。就請教一下鳶一同學吧～～」

麻衣和美衣說完後，亞衣便點點頭回答：「好……我知道了！」

「是什麼樣的魔法呢，鳶一同學？」

「就是這個。」

於是，折紙從口袋拿出一個小瓶子，放到桌上。

「這是……？」

「咦，好像是很正規的魔法呢。」

「好棒喔，然後要怎麼做？」

「——用手帕沾取適當的量，摀住他的口鼻。」

「咦……！」

聽見折紙的發言，空氣第三度凝結。

「他會昏倒。」

「…………」

「接下來就可以生米煮成熟飯了。」

三人再次使勁地搖搖頭。

「那傢伙在做……做什麼啊……」

士道臉頰冒出汗水，呻吟似的發出低喃。

〇步驟3　女生都喜歡可愛的東西。

步驟2執行的結果十分完美。

折紙吃完午餐後，一臉滿足地點著頭，瞄了士道一眼。

士道似乎也正好望著折紙的樣子，兩人在剎那間四目交接，士道慌慌張張地移開視線。

折紙在心中握拳擺出勝利的姿勢。士道好像也對折紙不同於平常地表現出女孩子的一面感到怦然心動。就算只有這個午休時間，她應該遙遙領先那個可恨的夜刀神十香吧。

意識到這件事的時候，折紙想起剛才和三人組聊天的內容。

她們在午休時間即將結束時對折紙說：「對……對了，鳶一同學妳為什麼討厭十香啊？」「嗯……就是說啊。看見那麼可愛的女生，通常情緒會很高亢吧。」「對啊～～」不知為何，感覺她們的語氣聽起來像是要拚命轉移話題一樣……不過，大概是自己多心了吧。

沒錯。在普通女生眼裡看來，夜刀神十香——那個討厭的精靈似乎是「可愛」的東西。

而且——聽說普通女生大多喜歡可愛的東西。

光是想像，胃部就一陣翻騰，令人作嘔。但如果那就是平凡女生的定義，折紙也無可奈何。為了士道，折紙已經做好覺悟要面對任何牛鬼蛇神。

「…………」

折紙鎖定放學後，開始集中精神。

「士道，回家吧！今天晚餐吃什麼！」

在班會結束的同時，收拾好書包的十香將身體探到士道的桌上。看到她有精神過了頭的樣子，士道不禁露出苦笑。

「妳也未免太心急了吧。不過……要煮什麼好呢？冰箱也沒剩多少食材了，回家的時候順便去商店街一趟吧。」

「喔喔！買菜嗎！」

士道說完，十香眼裡便閃耀著燦爛的光彩。

「士道、士道！」

「……好啦好啦，最多只能買兩樣喔。」

士道無奈地聳聳肩，豎起兩根手指。看十香的表情就大概理解了。難得要去商店街，她大概想買什麼東西吃吧。

而實際上，士道似乎猜對了。十香精力充沛地點點頭回答：「嗯！」

與此同時，有一道人影無聲無息地出現在十香的背後。是折紙。

「夜刀神十香。」

「唔？」

一聽到折紙呼喚自己的名字，十香原本開心至極的表情一瞬間垮了下來。

「妳這傢伙幹嘛，有事嗎？」

十香絲毫不隱藏她的敵意，露出銳利的視線，轉頭瞪視折紙。

然而不一會兒，她的表情卻轉為驚愕與困惑交織的模樣。

理由很單純。因為折紙突然一把抱住她。

「什……妳做什麼啊……！」

「……」

折紙一瞬間皺起眉頭，露出彷彿壓抑著嘔吐感的表情。不過，折紙立刻恢復原本的神情，開始撫摸十香的頭。

「好可愛、好可愛。」

十香揮動手腳掙扎，但折紙依然沒停止她的動作，用呆板的聲音如此說道。總覺得……這幅情景莫名令人毛骨悚然。

「妳這傢伙……！」

十香好不容易甩開折紙撫摸她頭的手，拉開距離。

「妳……妳這傢伙！突然這麼對我，到底在打什麼主意！」

「因為妳很可愛，所以我才摸妳。是一般的女孩子會做出的正常行為。」

「妳……妳的目的是什麼！」

「沒有什麼目的啊。硬要說的話，就只是想跟妳好好相處罷了。」

「什麼……！」

聽見折紙說的話，士道和十香異口同聲說了。

「如果你們要去買東西，希望能讓我一起去。」

「開……開什麼玩笑！誰要帶妳這種人去啊……！」

「冷……冷靜點，十香。」

士道安撫憤怒的十香，望向表情絲毫沒改變的折紙。

……今天的折紙好奇怪，明顯不正常。

在第四堂課的時候也是這樣，午休時間的舉動也不像平常的她。之後在課堂上也心不在焉的，還以為她是不是發燒了。

不過……即使折紙再怎麼奇怪，對士道而言，現在這種狀況也不全然都是壞事。

因為那個折紙——那個恐怕是士道認識的人當中，最討厭精靈的AST隊員鳶一折紙小姐，竟然說出想和十香好好相處。

或許正如十香所說，她搞不好有什麼目的，也可能只是一時興起，心血來潮罷了。

可是，無論她基於什麼理由，這都是近乎奇蹟的好機會。

「我說，十香。折紙都這麼說了，帶她一起去也沒關係吧？」

「什麼……士……士道！你相信這傢伙說的話嗎！」

「不……也不是啦……但是，不能帶她去嗎？」
「唔……唔……」
十香露出左右為難的表情。不久，她猛然豎起一根手指，指向折紙。
「妳……妳可別會錯意了！因為士道想帶妳去，我才勉強答應的！」
「…………」
折紙聽了像是有些不耐煩似的，一瞬間抽動了一下眉尾。但又像剛才一樣，立刻恢復原本的神情，點了點頭。
「我好高興。」
「噫……！」
折紙說完後，十香像是感到驚嚇般抖了一下肩膀。

「……喂，妳走路就走路，不要靠我這麼近好嗎！」
「這是適當的距離。」
「明……明顯過近了吧！」
「我只是做出一般女生會做的舉動而已。女生最喜歡可愛的東西了。」

「哈……哈哈哈……」

士道看著並肩走在商店街的十香和折紙，露出苦笑。

不對，說是並肩……可能有些語病。因為折紙緊貼著正常走路的十香。十香覺得很討厭，想要拉開距離，而折紙又再次黏上去……因為不斷上演這樣的場面，所以行進方向漸漸走偏。

……不過不知道為什麼，十香是情非得已，但感覺折紙的臉色也不太好看。

「折紙……？妳沒事吧？妳是不是在勉強自己……」

「？我不明白你在說什麼。」

士道詢問後，折紙便以不容分說的語氣回答。她很顯然是身體不舒服，但是……似乎想要當作沒這回事。

「這……這樣啊……」

既然本人都這麼說了，士道也不好意思再追究下去，只好作罷。

就在這個時候，被折紙緊追不捨的十香發出虛弱的聲音：

「士……士道……」

十香看起來越來越可憐了。士道抓了抓頭，再次大聲對折紙說：

「我……我說啊，折紙。十香看起來也不好走路，別黏她黏那麼緊也沒關係吧？」

「……那是，普通的行為嗎？」

「咦?嗯嗯……我想大概是吧。」

「是嗎?」

折紙輕輕點頭後,意外聽話地和十香保持距離。十香唉聲嘆了一口氣。

可能是鬆了一口氣的關係,十香的肚子同時發出「咕嚕咕嚕咕嚕……」的可愛聲音。

「唔……士道,我可以吃點東西嗎?」

「嗯,可以啊。這一帶的話……啊,那裡有賣可麗餅。」

「喔喔!可麗餅啊!不錯耶!」

十香的表情為之一變,露出開朗的神情,跟剛才截然不同。

結果那一瞬間,折紙一個箭步從十香的旁邊衝了出來,旋即買了一份可麗餅,又回到十香的身邊。

「拿去。」

然後,將那份可麗餅遞給十香。

看見這出乎意料的舉動,十香臉上浮現警戒的神情,往後退了一步。

「妳……妳想幹嘛?」

「……?妳不喜歡巧克力香蕉嗎?」

「不,我超愛的……但問題不在這裡。」

「拿去。」

折紙再次將可麗餅遞給十香。十香露出懷疑的眼神瞪著折紙，慢慢伸出手接下可麗餅。然後聞了聞味道，舔了一口奶油，確認食物沒問題後再大口咬下。

「……唔，好好吃喔……」

十香如此說道。對折紙拿給她的東西產生先入為主的想法與舌頭還是感受到甜蜜的滋味，這種矛盾的心情令她露出複雜的神情。

不過，好像真的很好吃。十香更豪邁地大口咬下第二口可麗餅，臉頰沾上鮮奶油。

就在這時，折紙抽動了一下眉毛，隨後迅速將臉湊進十香，舔掉沾在她臉頰上的鮮奶油。

「噫……！」

十香抖了一下肩膀，臉色一片鐵青。

可是，折紙毫不在意，表情紋風不動，用食指點了一下十香的鼻子。

「真是個粗心鬼。」

「……！……！」

十香慌亂得眼珠子直打轉，用手按住剛才被折紙舔過的臉頰，往後退了一步。

然而，折紙沒有移動。她維持點了十香鼻子的姿勢停在原地。

「喂……喂，折紙……？」

士道覺得很奇怪，將手搭在折紙的肩膀上——

「嗚……嗚哇！」

結果，折紙就這麼倒向地面。

◇

「嗯……」

折紙發出輕聲呻吟，同時張開眼睛。

她立刻明白自己正躺在床上。她按著發疼的腦袋，緩緩坐起身。

「……這裡是……」

折紙輕聲呢喃，並且環顧四周。這是個用白色布簾隔出的空間。或許是夕陽從窗外照射進來的關係吧，天花板染成一片橘紅色。

「喔，妳醒了啊。」

在熟悉的聲音震動鼓膜的同時，罩在周圍的布簾被拉了開來。刺眼的夕陽立刻充滿了折紙的視野。

「妳沒事吧，折紙？妳果然在勉強自己嘛。」

「士道……」

沒錯。站在折紙面前的，正是士道。

隨著眼睛適應了光線，周圍的模樣也逐漸清晰。看來，這裡似乎是高中的保健室。

「是士道你……把我送來這裡的嗎？」

「嗯……對啊。不過，十香也有幫忙喔。妳等一下記得跟她道謝。」

「…………」

聽到這個名字的同時，折紙不由自主地摀住嘴巴。

「喂……喂喂……」

士道露出苦笑，走到放在床旁邊的圓椅子坐下。

「所以，妳今天到底是吃錯什麼藥了啊？明顯不正常啊。」

「…………！」

不正常。聽見這句話，折紙愕然瞪大雙眼。

「怎……怎麼了，有什麼問題嗎……」

可能是察覺到折紙的模樣不對勁，士道皺起眉頭詢問。

再隱瞞下去也不是辦法。折紙靜靜地開始訴說。

「……我想要成為平凡的女生。」

「平……平凡……？」

士道疑惑地皺起臉。

「算……算了……妳怎麼會突然這樣想？」

「因為士道說你喜歡一般的女生。」

「咦？」

士道像是感到措手不及似的瞪大了雙眼，但隨後便「啊！」地發出細小的聲音，想起某件事的樣子。

「……可是，我做不到。我沒辦法當個平凡的女生。」

「沒……沒有啦，因為殿町太煩人了，我才隨便說說的。我並不是……」

「！真的嗎！」

折紙猛然抬起頭。於是，士道搔著臉頰繼續說道：

「對……對啊。該怎麼說呢，不管我喜歡什麼類型的女生，折紙妳……只要做妳自己就好了。當然，我個人是希望妳跟十香……」

「我知道了。」

折紙打斷士道，點了點頭。

「既然你都這麼說了，明天開始我就恢復平常的模樣。因為——我是你的女朋友。」

「不，呃，那個……唔……」

折紙說完後，士道看似五味雜陳地游移著雙眼。

貓咪狂三

CatKURUMI

DATE A LIVE ENCORE 4

藍天白雲，空氣十分悶熱。

是典型的初夏氣候。耀眼奪目的陽光照射四周，火辣辣地灼燒著柏油路。蟬兒性急地發出鳴叫聲，將閑靜的住宅區點綴得熱鬧非凡。

狂三心情愉悅地哼著歌，踏著緩慢的步伐，隻身一人走在住宅區。

這名少女在肩頭的位置用髮圈將她漆黑的長髮繫成兩束。在這光是站著就渾身冒汗的天氣，狂三穿著長袖女用襯衫和單色長裙出門，卻一滴汗都沒有流。她若是停下腳步站在原地，加上她那令人屏息的美貌，搞不好會有人以為她是個作工精細的洋娃娃呢。

「……呵呵，算是前進了一步吧。」

狂三一臉愉悅地呢喃，舔了一下嘴唇。

將精靈的靈力儲存在體內的少年。雖然在親眼目睹之前還半信半疑，但他確實存在。

只要吃掉他，狂三就能得到三名精靈的靈力。得到即使使用【十二之彈（Yud Bet）】也綽綽有餘的龐大靈力。

「呵呵……不過，士道是我最後的樂趣……」

狂三如此說著，同時舉起左手一張一合，重複了幾次這個動作。

她那曾經失去過一次，利用【四之彈(Dalet)】再生的手。

就在這個時候——

她的胸口產生一股輕微的衝擊，隨後前方傳來「呀！」的輕聲尖叫。

「哎呀？」

狂三將視線往下方望去，便看見一名年約小學四年級的女生一屁股跌坐在她的腳邊。看來，她似乎撞到了正在走路的狂三。

「哎呀哎呀，真是不好意思呀。」

說完，狂三朝女孩伸出手。女孩抖了一下肩膀，戰戰兢兢地握住狂三的手。

狂三將那名女孩拉起來，輕輕拍了拍她的膝蓋。於是，女孩垂下了頭。

「那……那個……對不起。我在趕時間……」

「不會，彼此彼此。我也在思考事情。」

狂三如此說道，同時上下打量觀察那名女孩。她穿著和狂三呈現對比的清涼服裝，卻也和狂三完全相反，額頭上晶瑩剔透的汗珠正閃閃發光。原來如此，看來她說自己在趕時間是真的。

「不……不好意思，我……」

「喔喔，妳不用在意我。妳趕時間吧？」

「真的……很抱歉。」

女孩再次深深地行過一禮後，打算跑走。

不過就在這個時候，她像是想起了什麼事情一樣突然停下腳步，接著從手裡的包包拿出一張類似傳單的紙張遞給狂三。

「那……那個……這個給妳……」

「什麼？」

狂三歪著頭，疑惑地將視線放到紙上。

紙上印著一張戴著大紅色項圈的三色貓照片、尋貓的文章，以及周邊的地圖和聯絡方式。看來她養的貓咪不見了，正在尋找牠。

「不好意思……如果有看到牠……麻煩妳聯絡我。」

「好。」

狂三隨口附和，於是女孩再次深深低下頭後邁步跑走。跑了一會兒，她被不平穩的地面絆了一下，差點跌倒——好不容易調整好姿勢，再次跑了起來。感覺……好像又會撞到別人。

「不是尋人，而是尋貓啊……」

狂三「呼」地吐了一口氣，再次閱讀手上的紙張——然後隨意折起，放進口袋。

「不好意思……我也沒有閒到能騰出時間去幫妳找貓。」

如此說完，狂三便繼續在路上前行。

沒錯。她現在沒有時間理會那種事。
要做的事情像山一樣多，然而時間有限。狂三可沒辦法為尋找失貓這種芝麻小事撥出一秒的時間。
「…………」
然而——
狂三一語不發地停下腳步，拿出紙張，從鼻間哼了一聲。
「……這麼說來，之前補充的『我們』還沒有執行過任何一件任務吧。」
她呢喃著這種事情，再次踏出腳步朝小巷弄走去。
「突然派她們進行實戰或諜報任務，她們可能會感到卻步……或許有必要先對她們進行一些輕微的訓練。」
狂三走到陰暗的小巷深處後停下腳步，用腳跟踢了一下地面。
於是，原本盤踞在狂三腳下的影子在一瞬間增加面積，擴大到幾乎填滿整個小巷。
狂三彈了一個響指，擴展到地面和圍牆上的影子便同時長出白皙的手——接著有好幾名少女從影子中探出頭來。
綁成左右不均等的頭髮以及刻劃在左眼的時鐘錶盤。沒錯。儘管身上穿著的衣服和髮型不同，從影子中出現的少女全都長得和狂三一模一樣。

「——『我們』。」

狂三如此說完，「狂三群」只憑這句話便察覺了狂三的意圖，有人嘻嘻嗤笑衝出小巷，有人跳上民宅的屋頂，有人則是再度潛進影子中——分散到整個街頭。

「啊……已經完全是夏天了呢。」

士道走在豔陽高照的小巷中如此低喃，微微伸了一個懶腰。

時間是下午一點三十分。由於今天不用上學，士道想早點把菜買好而前往商店街……然而，陽光比想像中還要毒辣。老實說，他現在覺得早知道就等太陽沒那麼烈再出門就好了。

「唔，士道，你怎麼了啊，看起來沒有精神呢。」

然而，走在士道前面的少女卻與他呈現對比，表現出精力充沛的樣子到處蹦蹦跳跳。

這名少女擁有一頭如夜色般漆黑的長髮以及夢幻般的水晶眼瞳，只要見過一眼就可能會一輩子將她的身影烙印在心裡。她就是給人如此獨特印象的少女。

不過，如今她一身夏天的輕便服裝，加上她天真無邪、朝氣蓬勃的姿態所營造出的活潑氣息，掩蓋住了她神祕的形象。

她是夜刀神十香，士道的同班同學兼鄰居，同時也是——過去被士道封印靈力的精靈之一。

今天，她一看到士道要出門買菜，就嚷嚷著：「我也要去！我也要去！」迅速地準備好，跟著出門。

「哈哈……妳真是有活力呢，十香。」

「嗯！因為剛吃完午餐！」

十香挺起胸膛。士道再次露出苦笑，跟在像小狗一樣蹦蹦跳跳的十香後頭，在路上前進。

「唔？」

此時，走在士道前方的十香突然停下腳步，冷不防地蹲下，窺視停在路旁的車底。

「嗯？妳在做什麼啊，十香？」

「唔……」

士道靠近十香後，十香便朝車底下伸出手摸索了一會兒，接著拉出一隻小貓。

「貓……貓咪？」

士道一雙眼睛瞪得老大。那是一隻戴著紅色項圈的三色貓。或許是因為從暗處突然被拉到明亮的地方，只見牠瞇起眼睛感到很刺眼的樣子。

「如果牠本來在睡覺就不要硬是吵醒牠了。不過，牠待在車子底下可能會有危險。」

士道這麼說了。十香用力搖搖頭。

「不是的，士道，你看。」

說完，抱著三色貓的十香轉身面對士道。

仔細一看，發現三色貓的左後腳正微微滲出血。

「啊……牠受傷了啊。」

「嗯。可以幫牠治療嗎？」

「這個嘛……家裡頂多也只有緊急治療的醫療用品而已，還是交給專家處理比較好……好，雖然方向有點不同，我們先繞去動物醫院吧。」

「嗯！」

十香用力點了點頭，貓咪也「喵——」了一聲做出回應。

「喔喔，牠聽得懂我們說的話嗎？」

「不會吧，怎麼可能。不過……既然牠戴著項圈，表示是有人養的吧，而且也很親人。其實能找到牠的飼主是最好不過了——」

就在這個時候，士道突然轉過頭望向後方。

因為他感覺到好像有人盯著他的背後。

「唔？你怎麼了嗎，士道？」

「嗯……剛才好像……」

士道說著環顧四周，卻沒發現任何異狀。

士道搔了搔臉頰，輕輕歪過頭。

「不……沒事。我們走吧。」

「嗯！」

十香精力充沛地點頭回答。

「……哎呀、哎呀、哎呀。」

狂三從小巷子窺探大馬路，微微皺起眉頭。

她收到其中一名分身發現三色貓的消息，趕往現場一看……情況似乎有些奇妙。

狂三的視線前方是一名抱著三色貓的美少女，和一名與她並肩走在一起，看起來個性溫柔的少年。

狂三對他們的長相十分熟悉。沒錯……他們正是夜刀神十香和五河士道。

「這下子……傷腦筋了呢。」

狂三將手抵在下巴，發出低吟。沒想到偏偏是狂三的捕食對象和守護他的精靈撿到了走丟的貓咪。

老實說，是狂三不太期望遇到的狀況。

當然，狂三的〈刻刻帝(Zaphkiel)〉是最強的天使，被士道封印住力量的十香根本不足為懼。如果利用蠻力把小貓搶過來，想必是輕而易舉的事吧。

不過……事態並非如此簡單。

比如說，假如狂三出現在兩人面前……她究竟該說些什麼才好呢？「把貓給我」？不行不行，就算說得這麼直接，那兩個人也未必會答應。要是兩人反過來問她為何要搶走貓咪，她會回答不出個所以然。

「該怎麼辦才好呢？」

就在狂三陷入思考的時候，身旁傳來和狂三的嗓音一模一樣的聲音。往聲音來源望去，發現是剛才找到貓咪的分身從盤踞在牆面的影子中探出上半身來。

狂三從鼻間哼了一聲，視線落在手上的尋貓傳單，接著再次望向士道和十香的背影。

「有許多辦法可行，又不是非得由我親自將貓咪交到那孩子手上不可。既然如此，就得讓士道和十香察覺到有人在找那隻貓咪。」

狂三說著，微微舉起拿著傳單的那隻手。

士道與十香改變當初預定的目的地，從前往商店街的路上朝動物醫院前進。

就貓咪的受傷情況看來，並不是會立刻危害到性命的重傷。不過要是放著牠不管，恐怕會身體衰弱，引發感染。十香盡量平穩地抱著貓咪，兩人快步走在平時不怎麼會經過的路上。

「所以，士道，動物醫院到底在哪裡啊？」

十香溫柔地抱著貓咪，用單手替牠遮擋陽光，邊走邊詢問。士道像是在思索一般，望著上方回答：

「我記得從這條路直直走，走到大馬路後往左走就能看到。但我平常根本不會去動物醫院，所以記得不是很清楚。」

「唔……原來如此。那我得好好記住怎麼走才行。」

「咦？」

「要是又發現像這傢伙一樣受傷的動物，我得知道怎麼帶牠們去才行。今天幸好有你在，如果只有我一個人，我實在不知道該怎麼辦才好。真是對我自己的不成熟感到慚愧呢。」

「哈哈，說的也是。不過，如果沒有妳，我根本不會發現這傢伙的存在喔。」

士道說完，十香露出開朗的表情回答：「……喔喔！」

「呵呵，這傢伙可真是幸運。還好有我和士道在！」

十香將嘴角彎成新月的形狀，撫弄貓咪的喉嚨。貓咪舒服地發出叫聲，扭動著身體，像是在表達「不要停」似的。

「唔，這傢伙真是可愛。摸這裡很舒服嗎？」

或許是看見貓咪的反應而感到心情愉悅吧，只見十香開心地繼續撫弄貓咪的喉嚨。於是，貓咪再次發出「喵喵」的叫聲，舔起十香的手指。

「喔喔……！士……士道！把這傢伙帶去動物醫院後要怎麼辦呢？不……不能養牠嗎？」

「咦？不行喔，牠戴著項圈，必須找到牠的飼主才行。」

「唔……唔……說的也是呢。不……不過，要是沒找到……」

「這個嘛，那麼到時候……」

士道話才說到一半，十香便以認真的眼神凝視著他。士道臉頰冒出汗水，繼續說道：

「……我就先向琴里確認妳的房間能不能養寵物。」

「喔……喔喔！」

士道說完，十香眼睛露出燦爛的光芒，緊緊抱住貓咪。

「喂、喂，牠受傷了，別抱太緊……」

就在這個時候，士道抽動了一下眉毛。

因為矗立在士道兩人前方的圍牆上張貼著一張類似海報的東西。

士道剎那間還以為是選舉海報，然而——並非如此。印在那張紙上的並非人的頭像，而是貓咪的——

「！士道！你看！軟綿綿的，好有彈性喔！」

「嗯？」

就在士道想確認那張紙上的詳細內容時，身邊傳來十香的聲音，拉走了他的注意力。

一看才發現十香正一臉興奮地按壓三色貓的肉球（當然是沒有受傷的前腳）。

「觸感好……好棒喔，士道！這是什麼啊！」

「喔喔，那是肉球。狗和貓的腳掌都有。」

「肉球……？」

十香微微歪了頭後，像是發現了什麼事情似的猛然瞪大雙眼。

「肉的……球。該不會肉丸子是用這個煮的吧！」

「不是。就字面上來解釋確實很容易誤解，但肉丸子並不是用肉球煮的。」

士道搖搖頭否定。腦海裡好像浮現了恐怖的想像。

「唔，原來是這樣啊……好，我決定了！你的名字就叫肉球吧！」

十香如此吶喊，「嗯、嗯」地點著頭。

「喂……喂喂，得先找到牠的飼主啦。妳會不會太心急了一點？」

「才不會呢。就算要找飼主，在找到之前也會煩惱要怎麼叫這小傢伙吧。而且……就像士道

幫我取名一樣，我也想幫這傢伙取名字。」

「嗯……是這樣啊。」

士道點了點頭——就在這個時候，他輕輕「啊！」了一聲。

因為就在他跟十香對話的時候，兩人早就經過了剛才圍牆上貼的紙張。

「……沒看到就算了吧。」

雖然有點在意……但也不是非得特地繞回去確認的東西，現在把這隻貓帶去醫院才是最重要的。士道搔了搔頭，和十香兩人一起加快腳步前往動物醫院。

「…………」

等士道和十香經過之後——

狂三從圍牆暗處現身，粗魯地撕下貼在圍牆上的傳單。

沒錯。狂三預測了士道和十香會經過的路，比他們先行到達，盡可能將這張尋貓啟示張貼在顯眼的位置。

只要那隻三色貓能回到小女孩飼主的身邊，就算不是狂三的功勞也無所謂。這樣反而還正合狂三的意。

實際上，只要士道能察覺到這張傳單的存在，應該會立刻撥打記載在上頭的電話號碼吧。如此一來就萬事解決，你開心我開心，大家都開心。

然而——現實卻沒有那麼順利。十香竟然在絕妙的時間點出聲干擾，害士道完全忽視了這張傳單。

「嘖……差一點就能讓士道發現了，十香還真是會挑時間搗亂。」

狂三一臉不耐煩地說完，理應空無一人的地方傳來嘻嘻的嗤笑聲。

「哎呀哎呀，沒讓他發現呢。」

「這下子該怎麼辦呢？」

「果然還是別用這種迂迴的手段，直接向他們要貓比較好吧？」

容貌和狂三一模一樣的「狂三群」從圍牆、牆壁還有地面探出頭來，妳一言我一語地說著。

「住口，『我們』。我還有其他計策。」

「妳這麼說，是打算怎麼做呢？」

其中一名分身歪著頭詢問。狂三從鼻間哼了一聲，將手上的傳單對摺。

「作戰的方向是對的。總之，只要讓士道發現這張傳單的存在就行了。」

狂三一邊說一邊將傳單摺成複雜的形狀。

「哼哼～～肉球～～肉球～～肉肉球～～」

「這首歌是怎樣啊……」

或許是非常喜歡那隻貓吧，十香嘴裡哼起神祕的自創歌曲。士道和十香並肩走著，無力地露出苦笑。

就在這個時候——

「嗯……？」

士道在路上停下腳步，回頭望向後方。

感覺好像有什麼東西扔到自己的背上。

「唔，你怎麼了啊？」

「沒有，剛才……」

士道移動視線——低頭望著下方，抽動了一下眉毛。

「這是……」

他如此說著彎下膝蓋，撿起掉落在他背後的東西。

掉在地上的似乎是用類似傳單的紙張摺成的紙飛機。

看來剛才的觸感是這玩意兒造成的。四周不見人影……但大概是附近的小孩惡作劇扔的吧。

「奇怪？這張紙……」

士道疑惑地皺起眉頭。他發現這紙飛機並非用夾在報紙中的那種傳單摺的，而是用家庭式印表機列印出來的東西，上頭印有圖像和文字，而且還很細心地在機翼的部位用手寫上「請打開」的文字。

「……這文字塗鴉的用詞還真有禮貌呢。」

士道臉頰流下一道汗水，將手放在摺痕處，打算按照指示拆開紙飛機。

「唔？那是什麼？」

就在這個時候，十香興味盎然地探頭看士道的手邊。

「嗯？喔喔，這是紙飛機。好像有人用這個射我。」

「紙飛機？那是什麼？」

「這個嘛，顧名思義就是用紙做的飛機。像這樣扔出去的話，它就會飛起來。」

「你……你說什麼！」

士道做出扔紙飛機的姿勢說完，十香眼睛便散發出燦爛的光采，將手上抱著的貓溫柔地遞給士道。

「士道，幫我抱這傢伙！」

「咦？喔，好。是可以啦……」

士道輕輕點了點頭，接下貓咪。十香隨即從士道的手中拿走紙飛機，然後將手臂往後拉，朝天空扔出紙飛機。

「飛吧！」

「啊……！」

士道發出聲音的時候已經來不及了。十香的臂力可能剛好搭配上氣流，只見紙飛機就這麼飛往遠方。

「喔喔，真的耶！好厲害喔，士道！紙真的跟你說的一樣飛起來了呢。」

「喂……喂喂！」

士道還沒確認那張紙上寫了些什麼就被十香扔了出去。士道仰望著紙飛機飛去的天空，皺起眉頭。

不過，那本來就是有人惡作劇扔向他的。如果把紙張打開來看，上面大概會寫些「打開來看的是笨蛋」之類的話吧。士道做出這個結論後，嘆了一口氣。

不過，十香可能是敏銳地感受到士道表情的變化，只見她縮起肩膀，露出一臉抱歉的表情。

「士……士道……剛才那個該不會是不能扔的東西吧……？抱……抱歉，我馬上去找——」

「喔喔，不用了，沒關係。是我不好，不該做出扔紙飛機的動作。反正也沒寫什麼大不了的事情吧，妳就別在意了。」

「可是……」

「別管這個了，我們快點把這傢伙送去治療吧。好嗎？」

士道面帶微笑將貓咪遞給十香。於是，十香揚起原本無力垂下的眉毛，露出充滿決心的眼神望著士道，點了點頭。

「十、香、啊啊啊啊啊啊……！」

狂三從牆後探出頭，瞪著士道和十香漸行漸遠的背影，一臉懊悔地咬牙切齒。

她就是領悟到光是貼在圍牆上不會被士道發現，才將傳單摺成紙飛機直接朝士道射去——保險起見，她還寫上提醒文字，竟然又被十香妨礙。

「不只一次，還來第二次……！是跟我有仇嗎……！」

狂三憤恨不平。周圍又傳來了聲音。

「這個嘛，應該跟妳有著深仇大恨吧。」

「畢竟妳之前大鬧了一場，還想吃掉士道嘛。」

「咦……妳該不會以為沒人恨妳吧？」

分身群像是打地鼠的地鼠一樣，從盤踞在周圍的影子中探出頭來，妳一言我一語地說道。狂三一臉不耐煩地咂了咂嘴，「咚！咚！咚！」地輕輕敲了她們的頭。

「好痛！」

「呀！」

「嗚嗚，好過分。」

分身群按著頭，對狂三投以怨恨的視線。

不過，狂三絲毫不介意，凝視著士道和十香的背影，咬牙切齒。

「我絕對——不饒她！雖然我不想使出這個手段，但既然如此，我也只好奉陪到底了……」

「妳……妳打算怎麼做？」

其中一名分身一臉納悶地提出疑問。狂三瞥了她一眼後，靜靜地開啟雙脣：

「傳單已經不曉得飛到哪裡了。那麼，就只能改變計畫了……！」

「改變計畫……怎麼說？」

「——很簡單。只要把那隻貓從士道他們身邊引誘過來就好。」

「……！」

狂三說完的瞬間，出現在周圍的分身群臉上同時染上了戰慄之色。

「妳……妳該不會，要使用那招吧？」

「不可以，太危險了！雖然是為了貓咪好，但沒必要做到這種地步吧！」

「請妳重新考慮！萬一被發現，妳的那副模樣就會被士道他們看到喔！妳不可能不知道那代表什麼意義吧！」

這些人不愧是和狂三相同存在的分身，光憑一句話似乎就洞察了狂三的意圖。

然而，不論她們如何阻止，狂三的決定仍然不動如山。

「給我住口！這已經是關係到我面子的問題了！無論是多麼微不足道的小事，只要膽敢妨礙我的目的，不管是誰我都絕不輕饒！」

狂三如此吶喊後，便和好幾名分身一起消失在盤踞於地面的影子當中。

「好……只要彎過那個轉角，馬上就到了。」

「喔喔，太好了呢，肉球。這樣子你就不會再覺得痛了！」

士道指著前方的轉角，於是十香用力點著頭說了。而貓咪也發出「喵嗚」的叫聲回應她。

不過就在那一瞬間，十香和貓咪同時抖了一下，然後開始東張西望地環顧四周。

「嗯，妳怎麼了？」

「唔……好像有什麼叫聲。」

「叫聲？」

聽十香這麼一說，士道豎起耳朵仔細聆聽。的確如十香所說，聽見了貓咪「喵～～嗚，喵～～嗚」的可愛叫聲。

「……嗯嗯？」

士道感覺到奇特的異樣感，因而皺起了眉頭。士道並不是精通貓語，但是……總覺得這個叫聲莫名嬌媚，好像蘊藏著引誘別人的聲調。

就在這個時候——

「啊！」

十香大叫，隨後貓咪跳出十香的懷裡，拖著左後腳跑向小巷子。

「士道，肉球跑走了！」

「我知道，我們快追上去吧，十香！」

「嗯！」

士道和十香邁步奔跑，追逐貓咪。

對方是動作敏捷的動物，照理說應該追不上才對。不過，如果對方後腳受傷就另當別論了。貓咪和兩人的距離越拉越近——

「嘿！」

就在進入小巷的前一刻，十香抓住了貓咪。

「很好，我抓到了喔！」

「喔！幹得好，十——」

比十香慢一步到達的士道在此時突然止住話語。

理由非常單純。因為貓咪打算進入的小巷子裡展開了令人完全意想不到的光景。

「……狂……狂三？」

士道因困惑和驚愕而顫抖著聲音呼喚這個名字。

沒錯。巷子裡有一名少女，名為狂三。是過去曾經轉入士道等人班級的同班同學——同時也是憑藉自己的意志殺人，人稱「最邪惡精靈」的少女。

這樣的她，卻像隻貓咪一樣四肢跪趴在地，發出貓咪被人撫摸時那般嬌媚的聲音。要士道不感到混亂才是強人所難吧。十香也跟士道一樣，瞪大雙眼凝視著狂三。

「…………啊……！」

過了一會兒，狂三似乎也發現了士道和十香的存在。她抖了一下肩膀後僵住身體——隨後拍了拍膝蓋站起身來。緊接著捏起裙襬，優雅地行過一禮。

「呵……呵呵呵，好久不見了呢，士道、十香。」

說完，狂三將嘴唇彎成新月的形狀。她的臉上浮現令見者凍結的猙獰笑容……照理說，應該是這樣沒錯，但不知為何，她的額頭卻微微冒出汗水。

「妳……妳在做什麼啊……」

「…………」

士道詢問後，狂三的笑容便凍結住，沉默了片刻──

「唔……唔……」

不久，她心浮氣躁地胡亂搔了搔頭髮，「啪！」一聲彈了一個響指。

於是，盤踞在她腳下的影子瞬間纏繞她的身體──形成一套以鮮血和黑夜色彩裝飾的洋裝。

靈裝，守護精靈的絕對盔甲。

「什麼──」

搖身一變進入戰鬥狀態的狂三猛然指向十香懷抱裡的貓。

「你……你管我在做什麼，把那隻貓交給我！」

「咦？貓……貓嗎……？」

聽見這過於突然又沒頭沒腦的要求，士道不禁皺起了眉頭。

就在這個時候，士道好像聽見盤踞在周圍的影子傳來這樣的聲音：

「啊～～啊～～」

「結果還是落得這樣的下場啊。」

「一開始這麼做就不用丟臉了……」

……是因為太過混亂而產生幻聽了嗎？

士道有點搞不清楚現在的狀況，露出困惑的表情。結果十香對狂三投以充滿警戒的視線。

「妳說……貓？是指肉球嗎？」

「對，沒錯。」

聽見十香凶惡的語氣，狂三表現出一副終於恢復冷靜的模樣，點頭稱是。

「我並不打算在這裡跟你們開戰。只要你們乖乖把貓交給我，我跟你們保證會息事寧人，立刻離開。」

「開什麼玩笑！誰要把貓交給妳啊！」

十香大喊，在手臂施力護住貓。於是，狂三用手指撫過嘴脣，露出邪魅的笑容。

「哎呀哎呀，還真是英勇呢。不～過──憑妳現在的力量，可是無法阻止我的喔！」

「唔──」

十香因戰慄而皺起臉孔，一隻腳向後退。

實際上，十香也十分理解自己與狂三在戰力上的差距吧。十香曾經和狂三對戰過一次──當時折紙和真那也在場，卻還是吃了敗仗。若是現在打起來，十香和士道肯定完全沒有勝算吧。

不過，儘管在如此危機的狀況下，士道在意的卻是別的事情。

「狂三……」

「嗯？什麼事？」
「那個……啊。妳為什麼想要這隻貓啊？」
「…………」
士道提出疑問後，狂三便抖了一下肩膀，但臉上依舊掛著狂妄的笑容。
沒錯。士道感到納悶的是這個問題。
就外表看來，這隻貓並沒有什麼特別的力量。士道一時之間還以為狂三想用她的廣域結界〈食時之城〉吸取貓的時間，不過……鎖定壽命明顯比人類短的小動物未免太沒效率了吧。
「那是因為……」
「因為什麼？」
狂三有些難以啟齒地含糊其辭後撩起頭髮，並且移開視線。
「……隨……隨你去想像吧。」
多麼不得要領的答案啊。士道再次皺起眉頭。
狂三如此說道的瞬間，十香像是發現了什麼事情似的赫然瞪大雙眼。
「妳……妳該不會……是打算把肉球的肉球拿去煮成肉丸子吃吧！」
「誰會這樣做啊！妳……妳怎麼會有如此可怕的想法啊！」
狂三忍不住大叫出聲。

「……呃，妳有資格這麼說嗎？」

士道臉頰流下汗水如此說完，狂三便皺起眉頭「唔！」了一聲。

「總……總之！把那隻貓交出來！如果你們想反抗——我可就難保你們的性命嘍。」

說完，狂三舉起手，隨後有兩把槍從影子飛到她的手中。一把是老舊的手槍，另一把則是槍身較長的步槍。

不過就算狂三這麼說，十香還是不可能乖乖交出貓。十香露出凶狠的表情瞪著狂三。

「我怎麼可以把肉球交給像妳這種——危險的……女人啊——！」

如此吶喊的瞬間，十香的身體發出淡淡的光芒。雖然十香的靈力已遭士道封印，但在情緒激動或是精神狀態不穩定的情況下，靈力有時候會透過路徑逆流回十香身上。

就在那一瞬間——

十香懷裡的貓咪可能是被她的高聲吶喊和神祕的光芒給嚇到，只見牠跳到地面，跑向大街的方向。

「！糟了——肉球！」

十香赫然驚覺並大喊，慌慌張張地伸出手。

不過——抓不到牠。貓咪掠過十香的手，就這麼衝到車道上。

而與此同時，剛好有一輛車朝貓咪駛去。

「……！」

士道屏住呼吸，在思考怎麼做之前，雙腳便已經朝地面一蹬，邁步奔跑。

然後一把抓住奔向車道的貓咪後，在身體觸碰到地面之前抱住貓咪，護住牠小小的身軀。就在這個時候，汽車駕駛大概也察覺到異常了，「嘰嘰！」的緊急剎車聲穿過士道的鼓膜。

「士道！」

緊接著傳來十香的尖叫聲。不過——就算十香顯現靈裝急忙趕過去，應該也來不及了吧。士道僵住身體，準備承受接下來想必會襲擊全身的衝擊。

士道擁有非凡的回復能力。雖然不會減輕疼痛，但被車撞到這點程度應該不至於喪命。他在一瞬間做好心理準備，緊咬牙根。

不過——就在這個時候……

「〈刻刻帝〉——【七之彈(Zayin)】。」

他的耳邊傳來狂三的聲音，然後他的身體並沒有被汽車衝撞，只是因為撲向貓咪的衝勁而滾到地上。

「咦……？」

士道怔怔地發出聲音，坐起身子。接著看見原本在車道上奔馳的汽車就在距離士道僅數公分的面前停了下來。

並非停下車子，而是──靜止不動。

沒錯。在剎那之後原本應該會猛然撞到士道的汽車宛如只有它存在的空間被隔絕在時間的流逝之外，完全靜止。由於緊急剎車而微微前傾的車體、變形的輪胎，甚至連坐在駕駛座的汽車駕駛染上驚愕的表情都全然靜止。

「這……是……」

士道目瞪口呆地呢喃。不過，士道對這難以置信的光景似曾相識。

〈刻刻帝〉──【七之彈】。狂三的天使所擁有的停止時間的力量。

「哎呀哎呀，你還在悠閒個什麼勁啊？」

頭上傳來狂三無奈的聲音，證實了他的猜測。

同時，士道感覺到後頸被人抓起，隨後身體被輕易地扔向人行道上。

「嗚哇……！」

由於事發突然，士道來不及護住身體減輕衝擊，就這麼一屁股跌坐在地。不過下一瞬間，宛如不受時間流逝影響而停在原地的汽車響起尖銳的剎車聲，輪胎冒著煙，前進了數十公尺後──才終於停下來。

汽車駕駛急忙下車，四處張望後，一臉疑惑地歪了頭，再次坐上車奔馳而去。

「士道！你沒事吧！」

十香語帶哀號地說著，並朝士道跑了過來。士道揮了揮手，表示自己平安無事。

「抱歉，都是我不小心才會……！」

「不會，不是妳的錯。話說，剛才的……果然是……」

士道一臉納悶地皺著眉頭說完，十香也露出相同的表情點點頭。

「嗯……嗯，沒錯，是狂三的天使。」

「她……救了我？這究竟是──」

士道一臉困惑地呢喃。十香指著士道的胸口大喊：

「！啊，士……士道！肉球呢？」

「咦？奇……奇怪？」

士道看向自己的手邊，然後瞪大了雙眼。

因為原本應該緊緊抱在懷裡的貓咪竟在不知不覺間失去了蹤影。

接著，像是要回答這個問題般傳來嘻嘻嗤笑的聲音。

往聲音來源望去，身穿靈裝的狂三悠然站在那裡，手上還抱著那隻三色貓。

「啊……！狂三，妳這傢伙──」

「呵呵呵，貓咪我收下了。那麼，士道、十香，再見嘍。」

狂三輕輕行了一個禮後，抱著貓咪潛進擴展在腳下的影子中。

「唔──！」

十香急忙追上去──然而，已經太遲了。在十香的手觸碰到狂三的前一刻，狂三的身影便已完全消失在影子之中。

「唔……肉……肉球──！」

十香的吶喊聲響徹午後的街道。

◇

之後，士道和十香按照當初的預定前往商店街買菜，不過……十香一直悶悶不樂。看來是非常惦記被狂三帶走的小貓吧。就算士道對她說「晚餐就做十香妳愛吃的菜吧」或是「妳愛買多少黃豆粉麵包，我都買給妳」，她也只是隨便應和，一直心不在焉的樣子。

……老實說，要是這種狀態持續下去可能會有危險。士道打算請求〈拉塔托斯克〉的指示，迅速買完菜後踏上歸途。

「我說十香，妳別那麼擔心啦。」

「……嗯，我知道，我沒事。」

十香聽了擺出固作堅強的表情回答。士道臉頰流下一道汗水，不知所措地皺起眉頭。

「嗯……」

當然，士道也同樣擔心貓咪。結果還是不知道狂三的目的為何。

但士道更擔心十香的精神狀態。有沒有什麼辦法能夠讓她心情開朗起來呢……

結果——

「啊……！」

就在士道邊走邊思索著這種事情的時候，十香突然大叫出聲。

「！怎麼了，十香！發生什麼事了嗎？」

十香發出和剛才憂鬱的心情截然不同的聲音，士道大吃一驚，連忙抬起頭。十香將一雙眼睛瞪得老大，並且指向前方。

前方有一名年幼的女孩正抱著戴了紅色項圈的三色貓走在路上。

「是……是肉球！」

「咦？不會吧——」

就在士道打算繼續說出「怎麼可能」之前，十香已經邁步衝了出去。

然後來到女孩的面前，朝她的胸前伸出手，壓按貓咪的肉球。

「！沒……沒錯！是肉球！」

「咦……什麼？」

士道一臉狐疑地瞇起眼睛，看著貓咪的臉。的確，長得很像。

「請……請問……有什麼事嗎？」

就在這個時候，士道發現抱著貓咪的女孩子露出一臉不安的神情。這也難怪。通常想都不會想到會有一對陌生男女突然跑過來，還按壓貓咪的肉球吧。

「喔……喔喔……不好意思。」

士道簡單地道歉後，繼續說道：

「那個……啊，我可以問妳一件奇怪的事嗎，那隻貓是妳的嗎？」

士道詢問後，女孩便戰戰兢兢地點了頭。

「對……是我的沒錯。」

「妳看，妳果然認錯了啦。妳仔細看看，這隻貓的腳並沒有受傷不是嗎？」

說完，士道指向貓咪的左後腳。

沒錯。這隻貓跟剛才的貓不一樣，身體毫髮無傷。確實長得很像，但無庸置疑是別人，不對，是別貓。

「不對！不可能！這個觸感肯定是肉球！」

「喂……喂喂……」

十香不肯妥協，猛力地搖了搖頭。女孩像是發現到什麼事情似的發出「啊！」的一聲，抽動了一下眉毛。

「大姊姊你們，該不會……也看過瑪麗吧？」

「瑪麗？」

「是這孩子的名字。其實……牠已經失蹤好幾天了……就在剛才，有一位漂亮的大姊姊幫我找到了牠。」

「咦……？」

士道不禁發出狐疑的聲音。

然後，再次看向貓咪的左後腳。

——那隻宛如時間倒流而完全沒有傷口的腳。

「……不，怎麼可能嘛……」

士道輕聲呢喃，並且搔了搔臉頰。

任務真那

MissionMANA

DATE A LIVE ENCORE 4

「——喝！」

崇宮真那散發出如裂帛般清厲的氣勢，同時將右手握著的光劍一揮而下。

接著，利用魔力產生的光刃碰到同樣以魔力編織而成的隨意領域，濺出如火花般的光芒。

不過，那個性質當然和真正的火花不同。形成光劍和隨意領域的魔力互相撞擊，因強烈的負荷而互相削減，於是碎片四散到周圍的空間。

當然，對峙得越久，彼此的魔力削減得就越多——結果，魔力產生越多的那一方理當會贏。

「唔……！」

對方勢必也十分明白這個道理吧。展開隨意領域的女人痛苦且憤恨不平地皺起眉頭，扣下雷射加農砲的扳機。

這一記砲擊幾乎等同於零距離射擊。照理說，應該無可避免這一擊。

「呼——！」

不過，真那吐了一口短促的氣息後，操作纏繞在身體周圍的隨意領域，在雷射加農砲釋放出的魔力碰觸到隨意領域的同時，讓魔力滑過隨意領域的表面，避開了那一記砲擊。

「什麼……」

耳邊傳來女人驚慌失措的聲音。此時，真那手裡握著的光劍劍尖早已觸碰到女人的後頸。

「——怎麼樣啊，還有其他招數可使嗎？沒有的話——就算我贏嘍。」

「唔……」

真那說完後，對手一臉悔恨地咬牙切齒，心不甘情不願地舉起雙手。

瞬間，擴展在四周的景色突然消失，轉變成一處被純白的牆壁、地板、天花板包圍，宛如寬敞大廳的空間。

不對——若要正確表達，說是恢復原狀或許比較恰當吧。

因為真那兩人剛才對戰的地方是設置於DEM Industry總公司內的戰鬥模擬訓練場。

「呼～～」

真那輕輕吐了一口氣，對腦部下達指令。於是，真那身上裝備的白色CR-Unit〈群雲〉發出淡淡光芒，同時消失無蹤，顯現出凌亂的ＤＥＭ公司制服。

真那對著安裝在牆壁一部分的鏡子大概整理一下凌亂的頭髮和髒汙。映照在鏡子裡的身影是一名熟悉的嬌小少女，年紀頂多十三四歲吧（事實上，就連本人也不記得正確的年齡）。她的主要特徵是紮成一束馬尾的髮型，以及左眼下方有一顆淚痣。和戰鬥前絲毫未變的自己的姿態。

「很好。那麼，我先告辭了。」

「請等一下！」

就在真那輕輕揮著手打算走出模擬訓練場時，有人從背後操著帶有一絲威爾斯口音的英語對她如此說道。

真那一臉嫌麻煩地皺起眉頭，回過頭後，果不其然站著一名身材高挑的女人。她是剛才和真那對戰的對手，正板著一張臉。她擁有一頭紅色的捲髮，臉頰帶著些許雀斑，細長的雙眸有些像狐狸。

她是潔西卡·貝里，隸屬DEM公司第二執行部，是真那的同事。

「還有什麼屁事嗎？」

「當然有！我可不允許妳贏了就跑！」

潔西卡用充血的眼睛瞪視真那。真那唉聲嘆了一大口氣。

「竟然說我贏了就跑……我早就說我有事了，是妳硬要跟我一決勝負，我才勉強奉陪的耶。我只答應跟妳比一次。我再不走的話，銀行就要關門了啦。」

「少……少囉嗦！所謂的比一次，當然是指比到我贏一次為止啊！」

「……妳那是什麼歪理啊？」

真那一副受不了的樣子無奈地嘆息。不過，潔西卡一點都不在意，豎起手指猛然指向她。

「說起來，為什麼像妳這種東洋丫頭，會是享有盛譽的亞德普斯成員啊！而且還是亞德普斯2號……！數字竟然比3號的我來得高……！」

「我哪知道啊。有意見的話，請跟社長或部長說。要我當2號或3號，我都無所謂。」

真那說完後，潔西卡像是察覺到什麼事情一般猛然抖了一下肩膀。

「！妳那股自信……該……該不會……！」

「咦？」

「原來如此……我就覺得奇怪，原來是這麼一回事啊。妳這個丫頭怎麼那麼卑鄙啊……！竟然施展美人計色誘威斯考特大人來得到現在的地位……！」

「……嗚哇，原來那個社長有戀童癖喔。」

「那怎麼可能啊！不許妳侮辱威斯考特大人！」

「……不是吧，我倒是知道剛才有人拐了超大一個彎侮辱他就是了……」

真那厭煩地搔了搔臉頰後，大廳的自動門開啟，一名少女走進了模擬訓練場。

少女年約十八歲，身穿黑色套裝。她一頭向上盤起的淺金色頭髮、不亞於髮色的白皙肌膚，以及坐鎮在中央的美麗碧眼，令人印象深刻。

「——妳們兩個在做什麼？好像沒有申請使用模擬訓練場喔。」

她以冷靜的聲音如此說完，望向真那和潔西卡。

於是那一瞬間，原本有如連珠砲似的滔滔不絕的潔西卡抖了一下肩膀，額頭冒著冷汗，端正姿勢。

不過，這也難怪吧。因為如今現身在真那和潔西卡面前的少女正是DEM Industry第二執行部部長，同時也是世界最強的巫師——艾蓮．M．梅瑟斯本人。

「我……我們……那個，算是在訓練吧……」

潔西卡語無倫次地開始解釋。

真那發出「啊！」的短促聲音，捶了一下手心。

「對了、對了。潔西卡她啊，說不容許有巫師排名比自己高。」

「什麼……！」

潔西卡露出難以置信的眼神望向突然說話的真那，但真那不予理會，繼續說道：

「還說贏了這次對戰的人才是亞德普斯2號！而且下次要打敗梅瑟斯執行部長，成為世界最強！之類的話。」

「喂……！妳在說什麼啊！前半段就算了，成為世界最強什麼的，我可一句都——」

「哦……？」

艾蓮倏地瞇起眼望向潔西卡。潔西卡發出「噫！」的一聲屏住呼吸，全身不停顫抖。

「要打敗我成為世界最強啊。呵呵……我有多久沒聽到這句話了呢？我很欣賞妳的上進心。好吧，我就特別當妳的對手。」

「不……不，請等一……」

潔西卡滿臉冒汗向後退。不過，艾蓮沒有就此罷休。在她彈了一個響指的同時，身上穿著的黑色套裝便化為光芒消失，取而代之地裝備上冠有王者之名的白金色CR-Unit〈潘德拉剛(Pendragon)〉。

「那麼，我這次真的要告辭了。」

真那望著艾蓮的背影和淚眼汪汪的潔西卡，揮了揮手走出模擬訓練場。

然後與此同時，大廳內部像剛才一樣展現出戶外的景色，設置在外部的擴音器傳出潔西卡高亢的哀號聲。

『呀……呀啊啊啊啊啊啊啊啊啊啊啊啊啊啊啊！』

『太弱了、太弱了，貝里。憑妳這種程度，還想自稱是世界最強嗎？』

『就說了，我沒有說過那種話啦——……！』

「…………」

她這玩笑可能真的開過頭了。真那合掌低頭做出日本式的哀悼後，急忙離開現場。

然後，從置物櫃裡拿出衣服換穿後，走出建築物。

座落在倫敦高級地段的DEM Industry英國總公司。那裡是真那工作的場所——也是收留真那的地方。

「…………」

真那抬頭仰望巨大的總公司大樓，將手伸進口袋，拿出一條小型的墜飾項鍊。裡面放著一對年幼兄妹的照片。

其中一人是——真那，而另一人則是和真那離散的哥哥。

「哥哥……」

真那說著，同時握緊墜飾項鍊——有關真那過去的唯一線索。

沒錯。真那失去了以前的記憶。她為何會待在英國、為何擁有成為巫師的非凡能力，這類的事情她一概不記得。

幫助真那的就是這間DEM Industry。如果沒有這間公司，真那可能會無處可去而流落街頭。

「……好了。」

不能一直沉浸在感傷中。真那輕輕吐了一口氣，再次看向手上的項鍊。

仔細一看，鍊子的部分缺少了一塊，所以無法戴在脖子上。

今天她急著想把這條項鍊拿去修理，半路卻被潔西卡逮個正著，不得不陪她對打。

聽說郊區有一個技術特別好的修理工。真那再次將項鍊塞進口袋，腳尖朝向郊區的方向。

「……啊，對了。」

真那在此時停下腳步，拿出錢包確認裡頭……裡面只有幾枚硬幣。雖然修條項鍊應該不會花到多少錢，但只帶這些錢還是令她不太放心。

「得先去銀行一趟才行。」

真那如此呢喃後便前往銀行。

◇

「呼……！呼……！我……我投降……」

半強制的訓練開始數十分鐘後——

潔西卡大汗淋漓地趴倒在地，大廳內擴展開來的景色同時消失，現出原本白色牆面的樣子。

「哎呀，已經不行了嗎？」

艾蓮輕輕嘆了口氣如此說道，再次彈了一個響指。接著，艾蓮的衣著便配合這個舉動從白金色鎧甲變回黑色套裝。

「世界最強的名號，可不是憑妳這種程度就擔當得起的。」

「就……就說了，我根本沒說過那種……！」

潔西卡搖搖晃晃地抬起頭訴說。

不過，她的話沒有說完。因為設置在大廳內的擴音器流瀉出聲音，打斷了潔西卡。

『——第二執行部三大幹部，請立刻到第一辦公室。重複一次。第二執行部三大幹部——』

「…………」

艾蓮抽動了一下眉毛。

第二執行部三大幹部，是代表ＤＥＭ地下執行部隊的亞德普斯成員中編號前三號的人物。實際上並沒有所謂的三大幹部。

也就是指艾蓮、真那、潔西卡三人。會緊急傳喚她們三人的事態肯定非同小可。

「走吧，貝里。」

「是……是的……！」

潔西卡點頭如此回答後，便對大腦下達指令，將接線套裝變回ＤＥＭ的制服，跟在艾蓮後頭離開。

接著依舊踏著踉踉蹌蹌的腳步搭上電梯，來到上層的辦公室。

「——報告。」

「報告。」

兩人說完，踏進辦公室。

有一名身穿漆黑西裝的男子坐在房間裡。他擁有一頭顏色黯淡的灰金色頭髮，以及銳利的雙眸。他正是DEM Industry執行董事，艾薩克．威斯考特。

「喔喔，謝謝妳們過來。」

「不會。」

「別這麼說。」

艾蓮和潔西卡說完後，威斯考特便微微歪了頭。

「潔西卡，妳是怎麼回事？看起來非常憔悴呢。」

「啊，沒有，因為……我急著趕來。」

「哎呀，那我真是對不起妳了。」

「不……不會。重點是，發生了什麼事嗎？」

潔西卡臉頰流下汗水，改變話題。於是，威斯考特像是想起了什麼事情似的點點頭，發出「啊啊」的聲音。

「對了、對了。剛才警方通知我，說希望我們幫忙。」

「警方嗎？」

「對。好像是城鎮的銀行有強盜闖入，挾持了行員和民眾共將近一百名的人質不肯出來。所以，跟我私交甚篤的署長大人就來詢問我是否能借用DEM巫師的力量。」

威斯考特聳了聳肩如此說道。

只要是擁有緊急著裝隨身裝置的巫師就能降低強匪的警戒，以非武裝的姿態進入銀行，的確非常適合處理這樣的案件。當然，由於巫師的存在並未對外公開，所以必須在不被人質或媒體看見的情況下行動。

然而，站在潔西卡旁邊的艾蓮卻一臉納悶地開啟雙脣：

「雖然人數不多，但警視廳應該也有巫師吧。為什麼要尋求我們的幫助？」

威斯考特垂下雙眼，吐出悠長的氣息。

「因為犯罪集團裡面，似乎有幾名巫師。」

「原來如此。不過，即使如此，只要派出警方的巫師不就好了嗎？如果人數不足，向對抗精靈部隊ＳＳＳ請求支援就能解決。那裡有阿爾緹米希亞．阿休克羅夫特在。只要派她出馬，一個人就綽綽有餘了吧。」

「哎，話是這樣說沒錯啦。」

威斯考特聳了聳肩。潔西卡也配合他的舉動歪了頭。

「話說回來，搶匪中有巫師啊。究竟是打哪來的呢？」

所謂的巫師，可不是單純指能從手中變出火球的人，而是以外科手術將電子零件埋進腦內，能操縱顯現裝置的人的總稱。當然，除了ＤＥＭ以外，如果不屬於某間國家機關就無法接受手術。照理說，不可能存在從別處冒出來的來歷不明的巫師。

「喔喔，我上個月不是從ＳＳＳ挖了夏洛特．美亞等三個人過來嗎？」

「就是濫用顯現裝置引發問題，在受到處分之前被你撿來的那些人吧。」

「沒錯，就是她們。」

「難不成……」

艾蓮微微皺起眉頭。威斯考特輕輕笑了笑。

「還真是不聽話呢。」

「所以我不是再三奉勸你別老是帶些問題人物回來嗎？」

「我不忍心看見有才能的巫師變回普通的人類嘛。」

威斯考特說完後，艾蓮面不改色地嘆了一口氣。

「……呃，也就是說，是我們公司內部的人幹的好事嘍？」

「嗯，簡單來說就是這樣。」

威斯考特再次聳了聳肩說道。

「雖說她們進公司還不滿一個月，但仍屬於ＤＥＭ的職員，必須妥善地處理掉她們。對了，真那呢？我認為她很適任。」

說完，威斯考特來回望向艾蓮和潔西卡。假如是國中生左右的女孩，敵人也會疏忽大意吧。

不過，如今——

「喔喔……說到她，她剛才出去了喔。」

「出去了？去哪裡？」

「我想想……她好像說要去銀行。」

潔西卡如此說完，「啊！」了一聲微微瞪大雙眼。

「……事情為什麼會變成這樣啊？」

在銀行的一樓大廳。

真那雙手被反手綁住，瞇起雙眼呢喃抱怨。

周圍有好幾名民眾和銀行員與真那一樣被綁住，另外還有幾名戴著頭套的男人亮出手槍，在四周來回走動，監視著他們。

沒錯。真那前腳剛走進銀行領錢，手持武器的集團後腳就闖進大廳，占據了整間銀行。

然後，對方轉眼之間就將銀行裡的民眾綑綁住，拉下入口的鐵捲門，呈現關在裡面出不去的狀態。外頭傳來的警報聲、透過擴音器發出的警察的聲音，以及被押為人質的小女孩的哭泣聲震動著真那的鼓膜。

「…………」

真那沉默不語，觀察戴頭套的搶匪們的動向。

位於銀行大廳的，就她目測有五人。他們已經威脅銀行員、把錢搶走，坐在正面的男子腳邊放著一只裝滿高額紙鈔的大波士頓包。

就在這個時候，真那歪了歪頭感到疑惑。照理說，搶匪在這個時間點就已經達成目的。然而他們卻故意拉下正面入口的鐵捲門，躲在銀行不出去。

真那本來以為是因為警察出動比預料中還快，他們因此錯失逃跑的時機。但他們卻一點兒都不慌張，行為舉止反而還透露出一絲從容。

——這表示他們另有目的……嗎？而且達成那個目的後，還早就準備好逃跑的手段……？

這時，真那突然發現搶匪的人數比他們闖進銀行時來得少。

記得當初除了這些人以外，還有其他數名搶匪，如今卻不見他們的蹤影。是單純沒有進入真那的視野中嗎？還是……

「……算了，想也沒用。」

真那以搶匪聽不見的聲音呢喃後，將身體靠在牆壁上。

她姑且偷偷攜帶了緊急著裝隨身裝置，只要有心，她隨時能解決掉這點人數的搶匪。不過……只要有這麼多雙眼睛在看，她就無法裝備接線套裝。

而且，這裡是全國知名的城市，倫敦。警察自然不用說，ＤＥＭ也不會允許有人在他們的地盤鬧事。再說，如果知道真那就在現場，ＤＥＭ一定會想辦法拯救她吧。真那如此心想，決定袖手旁觀。

然而——

「——啊啊，受不了，吵死人了！」
其中一名搶匪心煩氣躁地踹了桌子一腳，擺在桌上的筆筒因此應聲滾落在地。
看來，似乎是人質小女孩的哭泣聲惹惱了他。搶匪走到人質聚集的區域，隨後將大口徑手槍指向女孩。
「給我安靜點！要不然，我就讓妳永遠開不了口！」
「嗚、啊、嗚……嗚啊啊啊啊啊啊……！」
不過看來是造成反效果了。被手槍指著的女孩反而哭得更大聲了。
「妳這個臭小鬼……！」
「喂，冷靜點。不是要我們別濫殺無辜嗎？」
怒不可遏的男人用槍口抵住小女孩的太陽穴，另一名搶匪便從背後出聲勸阻他。
男人咂了咂嘴後拿開手槍。不過，立刻朝後方抬起一隻腳，宛如踢足球時的姿勢。
「只要不殺人就行了吧，不殺人。」
男人如此說完，動腳作勢要狠踢小女孩的頭部。
「呀……！」
小女孩發出短促的尖叫，閉上雙眼。
不過——僅只如此而已。

因為在男人的腳尖接觸到小女孩頭部的前一刻，男人突然停止了動作。

「咦……？」

「這……這是……怎麼回事？身體動不──」

男人還沒說完便止住了話語。不過，這也難怪。因為──

「……真是的。我本來還想袖手旁觀呢……」

在前一秒還跟小女孩一樣雙手被綁住的少女用一隻手便輕而易舉地阻止了他的腳。

「什麼，妳──」

「好了、好了，給我安靜。」

真那語帶嘆息地如此說完，便將壓制住男子的腳的那隻手使勁向下揮動。

於是，男人的身體以腰部為軸心縱向旋轉了半圈後，頭部著地。男人連一聲痛苦的呻吟都沒有就這麼昏了過去。

周圍的人質無不露出目瞪口呆的神情望著這一幕。不過，這也無可厚非。因為從他們的眼裡只看見像真那這樣嬌小的少女摞倒魁梧的男子吧。

當然，真那並非以單純的臂力摞倒男子。DEM中一部分地位崇高的巫師就算不裝備接線套裝，也能在一定的時間內展開隨意領域。剛才的現象對真那來說，也不過只是在腦海裡翻轉男人的身體罷了。只要她有心，甚至能不動手就震飛男子。不過，由於真那不希望在人質面前展現太多超常現象，必須製造最低限度的藉口。

「妳……妳這傢伙，幹了什麼好事！」

其他搶匪似乎也隨後察覺到異狀，繃緊原本鬆懈的表情，同時將槍口朝向真那。

「唉……既然我都出手了，也覆水難收嘍。」

真那無奈地聳了聳肩後，「咚！」地輕輕蹬了一下地板。她操作隨意領域，在轉眼之間便逼近在前方舉槍的男人。

「咦……？」

男人發出錯愕的聲音，真那的拳頭便同時陷入男人的心窩。男人雙眼圓睜，當場趴倒在地。

接下來，就是些簡單的行動。真那抬起腳攻擊右手邊男人的延髓，然後進攻左手邊男人的要害，令他們一個一個暈厥過去。

然後，真那逼近剩下的最後一名男子，擊落他的手槍，抓住他的手將他壓制在地。

「痛……痛死人啦！」

「少在那裡哇哇大叫了。我倒是有件事想問你。你們的人數比一開始還要少上許多，到底有什麼目的？」

真那盤問男子，結果男子露出狂妄的笑容回答：

「哼，我怎麼可能告訴——」

「說！」

「啊呀！」

真那擰轉男子的手臂，男子便窩囊地發出慘叫。

「是……是金庫的錢……我們老大說要把地下金庫的錢全部搶走……」

「金庫的錢……？你們瘋了嗎？根本打不開吧，而且就算真的讓你們偷到手，帶著那麼多錢怎麼可能逃得掉啊？」

「嘿……嘿嘿，妳的腦袋還真不靈光呢。妳以為我們老大沒想過這一點嗎？」

「哦？那要用什麼方法呢？」

「妳白痴喔？我怎麼可能告訴——」

「敬酒不吃吃罰酒啊你！」

「呀啊啊啊啊！我……我們老大是巫師……所以，她要我們搶完金庫的錢後，大大方方地從正門離開就好……」

「……！你說什麼？」

聽見男人說的話，真那皺起眉頭。

就在這個時候，放在她口袋裡的手機震動了起來。

「嗯……」

真那嫌麻煩地皺起眉頭，思考了一會兒後，施展一記手刀砍向男人的後頸讓他昏倒後，接起電話。

「喂？」

『——我是梅瑟斯。妳現在人在哪裡？』

話筒另一頭傳來艾蓮的聲音。真那有種不祥的預感，皺起臉回答：

「……我在銀行啊，有什麼事嗎？」

『還真巧，市內的銀行發生搶案。主謀是巫師，夏洛特・美亞，DEM的新人。』

「我們公司的人嗎？」

『對，所以麻煩妳盡快解決這件事。』

「……了解。」

預感成真了。這個指示來得還真是恰巧。

真那嘆息著收起手機後當場站起身，拍了拍臉頰。

「沒辦法，快點解決吧。」

「——所以啊，結果銀行的金庫裡到底有多少錢啊？」

「唔？當然是……很多錢吧。」

「所以說，很多錢是多少錢？一百萬英鎊嗎？」

「別傻了，哪可能那麼少啊。大概再十倍吧……」

「！真的假的啊，有一億英鎊那麼多嗎！」

「不，你算數也太差了吧。」

兩名男子戴著不同顏色的頭套，從一樓大廳穿過櫃臺，經過銀行職員專用的通道後，在前往地下的入口處輕鬆地聊著天。

不過，這也無可厚非啦。兩人名目上是被派來這裡把風，但既然已經完全壓制住大廳，也將警衛全部綑綁起來了。有人質在，警察也無法輕易攻進來。

更重要的是——他們在地下「辦正事」的老大擁有這世間不可思議的力量。就算警察想攻進來，應該也不會構成威脅。他們會鬆懈下來也是理所當然的事。

「有了那麼大一筆錢，我們……就可以重新開始了吧？」

「那是當然。終於可以擺脫這可恨的貧窮生活了。」

「錢……錢一到手，我打算去日本。然後在秋葉原買房子。」

「日本？原來如此，這主意不賴嘛。畢竟幹出這麼大一起案件，也無法在這個國家待下去了吧。不過，為什麼是去日本呢？」

「喔喔……因為我想見蜜絲緹。」

「蜜絲緹？」

「你不知道《女武神蜜絲緹》嗎？是超級紅的節目耶。每個星期日晚上，影片網就會上傳日本電視臺播放的最新一集翻譯版上去。蜜絲緹平常是個普通女孩，但一遇到危險就會施展出光之力量變身成戰爭少女，三兩下就打倒巨大的敵人。」

「……總之，就是動畫吧？那個叫蜜絲緹的人根本不存在吧。嬌小的女孩打倒巨大的敵人，未免也太不真實了。」

「你在說什麼啊？日本的女孩不同啦。她們嬌小的身體裡隱藏著愛的爆發力。你也去看動畫，自然就會明白了。」

「……是……是喔。」

身材高大的男子搔了搔臉頰。不過——他馬上抽動了一下眉毛，望向走廊的盡頭。

理由很單純。因為他看見了一道小小的人影。是一名身材嬌小的少女。從她的髮色和五官看來，應該是亞洲人。

「真的假的啊，上面那群人到底在搞什麼啊？」

「別怪他們了啦，這女孩可能當時待在廁所吧。」

到剛才為止熱烈地發表言論的胖男人聳了聳肩。高個男亮出手槍，同時對少女說：

「喂，小朋友，看到我手上的東西了吧。抱歉啊，這裡不能過。不想挨槍子兒的話，就回到大廳——」

不過，少女不聽男人的制止，快步前進。

「這傢伙……！」

高個男雙手握槍。胖男人急忙阻止他。

「等……等一下啦，你別衝動。」

「我知道，我不會殺了她。只是要在這個聽不懂人話的女孩腿上射一槍。」

「不是啦，如果她是日本女孩該怎麼辦！」

「……我要開槍嘍。」

說完，高個男扣下扳機。接著響起震耳欲聾的聲音，走廊上火花四濺。不過，少女不予理會，慢步走近。

「什……什麼啊，是威嚇射擊嗎？別嚇唬人啦。」

「不……不是。我明明瞄準——」

話才說到一半，少女轉瞬間便拉近了距離，隨後用手背輕輕推開高個男。於是，高個男的身體飛向左方，狠狠撞上牆壁，就這麼滑落在走廊上。

「咦……！」

胖男人瞪大了雙眼，慌慌張張地打算舉起槍。不過，當少女輕輕觸碰他的手的瞬間，他全身便不聽使喚，手槍從他的手上掉落。

「——抱歉，你稍微睡個覺吧。」

「……！」

少女說完這句話的瞬間，男人感覺自己的身體轉了一圈，同時感受到一股衝擊侵襲全身。

男人在逐漸模糊的意識中，怔怔地呢喃：

「妳果然……是日本女孩……啊……」

男人暈厥了過去，臉上似乎帶著笑意。

「——好了，差不多該到地下金庫室了吧……」

之後，真那開啟入口的鐵捲門放走人質，走在清掃得一塵不染的走廊上。

她在走到這裡之前打倒了數名疑似把風的男子（其中一人可能是打到不該打的地方，表情看起來特別幸福），但當中似乎沒有巫師。如此一來，想必是在金庫室了吧。

「……不過，上頭那些人怎麼都是些烏合之眾啊，簡直是一盤散沙。」

真那自言自語地發牢騷。那些男人恐怕只是受到主謀唆使利用的棋子，一但失去利用價值就會被捨棄吧。即使真那不打倒他們，主謀的巫師在達到目的後是否真的會帶著他們逃跑，可就不得而知了。

就在真那思考著這種事情的時候，前方出現了一扇大門。

鐵製的堅固門扉宛如被巨大的重工業機器破壞似的扭曲變形。憑普通人的力量不可能辦到這種事情吧。

真那從鼻間呼出氣息後，鑽進扭曲的門扉，進入房間內。

果不其然，那裡是金庫室。寬廣的空間深處設置著一道在電視上偶爾會看見的巨大圓筒狀的金庫門。

不對……正確來說，用過去式來形容應該比較恰當吧。因為厚實的金庫門正如真那剛才走進房間的那扇門一樣，被破壞得體無完膚。

「嘖，慢了一步嗎？」

真那輕輕咂了咂嘴，試圖探頭窺視金庫內。

不過就在這個時候，她感覺到背後有人的氣息，當場跳開。下一瞬間，真那前一刻所在的地方迸出有別於實彈的火花。那是一道熟悉的光芒——魔力光。若非能操作顯現裝置的巫師，絕不可能釋放出這種力量。

看來，對方似乎是隱藏在房間的角落，從入口處看不見的死角。兩名身穿接線套裝的女人現身在真那的背後。

「她躲開了剛才的攻擊？」

「不會吧，應該是碰巧的吧？」

長髮女和眼鏡女互相使眼色，並且謹慎地將小型雷射槍的槍口對準真那。

結果，金庫中同時傳來輕微的笑聲。

「呵呵，妳們可別小看她嘍，戴西、伊莎貝拉。那孩子應該跟我們一樣是巫師喔。」

一名將頭髮削成短髮的女性探出頭來說道。她和位於真那後方的兩名女子一樣穿著接線套裝，腰上還佩帶著輕武器和光劍。

真那一語不發地瞇起眼睛。這名女子恐怕就是集團老大——夏洛特．美亞吧。不只言行舉止，連展開在她身體周圍的隨意領域濃度都和其他人天差地別。

不知是否察覺到真那的思緒，後方的兩名女人——戴西和伊莎貝拉依然舉著槍，發出深感意外的聲音：

「不會吧，她是巫師嗎？」

「我們闖進這裡才沒多久耶，究竟是哪個機構……」

看見兩人的反應，夏洛特嗤嗤竊笑道：

「妳們可別被她的外表給騙了。只要使用顯現裝置操作新陳代謝，是有辦法維持青春的肉體

的。實際上我也曾聽說過，倫敦警察廳會故意指派外表年幼的巫師，讓犯人放鬆警戒。」

「！妳的意思是說，這傢伙是警察派來的……！」

「就時間點看來，應該沒錯吧。對抗精靈部隊不可能出馬處理這種搶案，而且也不可能像電影一樣，人質中剛好有身手不凡的巫師吧。」

說完，夏洛特笑了笑。真那搔了搔臉頰，額頭冒出了汗水。

「……呃，雖然很難以啟齒，不過我……」

夏洛特沒有將真那的話聽到最後，接著繼續說道：

「我姑且問一下好了。妳有沒有興趣跟我們聯手？一瞬間就能得到一輩子享用不盡的錢財喔。妳本來就已經處於一對三的處境，應該明白妳沒有勝算吧？再說——」

夏洛特揚起嘴角露出邪佞的笑容。

「我們三人是ＤＥＭ的巫師喔。既然妳也是巫師，應該明白這代表什麼含意吧？」

「……喔喔，是這樣啊。」

真那瞇起眼睛如此說道。說起來，是有這麼一回事沒錯。但她也無暇一一確認下層的人事異動……再說，雙方所屬的單位根本不同，基本上沒有機會直接見面。

「怎麼樣啊？哪一邊才是聰明的選擇，根本用不著考慮吧？」

聽見夏洛特說的話，真那點了點頭。

「是啊，根本用不著考慮。我拒絕。」

真那如此說道的瞬間，後方再次射擊雷射槍。

「哎呀——」

真那展開隨意領域，微微閃開雷射槍的軌道，飛向前方。不過，戴西和伊莎貝拉的攻擊並沒有就此停止。她們從腰間拔出光劍，顯現出光之刃後，砍向真那。

真那操作隨意領域，在千鈞一髮之際閃過兩人猛烈的攻擊。然而——就算是真那，在沒有任何裝備的狀態下對抗身穿接線套裝的兩名巫師，情勢實在對她不利。真那不小心露出破綻，灼熱的觸感因此貫射她的右肩。

「唔——！」

真那退到牆邊後，按住發疼的右肩。左手傳來一股濡濕的觸感。看來，似乎是流血了。

「哼，說得那麼義正詞嚴的，結果也沒什麼了不起的嘛。」

「不過，已經來不及了。我會讓妳後悔跟DEM的巫師作對！」

戴西和伊莎貝拉洋洋得意地說了。真那露出像是在表達「麻煩死了」的表情吐了一口氣。

「……要是鬧得太過火，我之後可是會被法務部罵得狗血淋頭的。不過……現場只有巫師在的話，應該就無所謂吧。反正對手也在使用啊。」

真那說著從口袋拿出緊急著裝隨身裝置。或許是看見這一幕，夏洛特露出銳利的視線。

「是緊急著裝隨身裝置！在她裝備好接線套裝之前，給我解決掉她！」

「收到——！」

戴西和伊莎貝拉遵從指示，高舉光劍衝向真那。不過，對於即使沒有任何裝備也能長時間展開隨意領域的真那而言，她的著裝速度遠比一般巫師還要快上許多。在兩人的攻擊得逞之前，真那的全身便已覆蓋住藍白色的接線套裝，以及專用CR-Unit〈群雲〉。

「！那是……！妳們兩個先住手！」

真那展開套裝和Unit的瞬間，夏洛特雙眼圓睜，大聲吶喊。不過，戴西和伊莎貝拉並未停止攻擊，隨著揮劍的衝勁，將光之刃朝真那一揮而下。

「〈群雲〉——雙劍形態。」

真那說完，穿戴在肩上如盾一般的零件便開始變形，匯集在她的雙手上。然後，它的前端出現以濃密的魔力所組成的光劍。

真那以左手的劍擋下兩人的攻擊後，扭轉身體，穿過兩人之間的空隙。

「這傢伙……！」

慢了一拍才察覺到這件事的伊莎貝拉再次舉起光劍，打算追擊真那。不過——她卻原地止住了腳步。

這也難怪。因為本來與她並肩對抗真那的戴西竟當場倒地不起。

「戴西——」

就在伊莎貝拉說到這裡的時候，她自己也全身無力地頹倒在地。

沒錯。真那在穿過兩人之間的同時，用右手的劍攻擊了兩人。當然，真那並不打算殺了對方，所以沒有以劍刃砍殺。但畢竟兩人還是遭受濃密的魔力塊毆打全身，不可能還意識清醒。

「嘖……」

或許是看到了這幅情景，夏洛特咂了咂嘴。

「雙劍巫師……？哈，開什麼惡劣的玩笑。為何DEM的亞德普斯成員會在這種地方啊？」

「哎呀，妳認識我？」

「那是當然……實力僅次於永保第一的梅瑟斯——我好歹也聽說過這名DEM第二高強巫師的傳聞。只是，沒想到竟然是如此年幼的小女孩。」

說完，夏洛特皺起臉孔。雖然聲調並未改變，但她的臉頰流下一道汗水。

「……所以，妳打算怎麼做？」

真那瞇起眼睛，將右手的劍朝向夏洛特後，夏洛特便像死了心似的舉起雙手。

「我不打沒有勝算的仗，而且也不喜歡疼痛。」

「這樣啊……算妳聰明。那麼，妳就快點解除武裝——」

就在這個時候——

「──！」

真那話還沒說完，夏洛特便輕輕動了動指尖。下一瞬間，真那的視野便充滿刺眼的光芒，什麼都看不見。

「什麼……！」

「啊哈哈哈哈！妳鬆懈了吧！」

真那的鼓膜響起夏洛特的聲音。她大概是使用了閃光彈那類的東西吧。搞不好是事先設置在房間裡的某個地方。

只要操作隨意領域，便能輕易防禦光線這種程度的攻擊。不過，剛才對方完全是攻其不備。真那的眼睛閃爍著白光，看不清楚。

話雖如此，真那目前仍然展開著隨意領域。就算眼睛看不見，如果夏洛特接近她，她應該也能立刻感覺到。

「…………！」

然而，真那微微皺起眉頭。因為真那精密的隨意領域竟然無法鎖定夏洛特的位置。

「啊哈哈！想當初我在ＳＳＳ當中也是數一數二利用顯現裝置來隱藏位置的高手。就算是亞德普斯的成員，在視野遮蔽的狀態下，不可能探索出我的位置！」

無法確定夏洛特的聲音是從何處傳來。大概是利用隨意領域反射聲音吧。這下子也無法從聲音發出的方向判斷她的位置。

「呵……呵呵呵！丟臉！真是丟臉啊！啊哈哈！亞德普斯的成員就只有這種程度嗎？哈哈，哈哈哈！DEM其實也沒什麼了不起的嘛！」

「…………」

這句話，真那可沒辦法置若罔聞。她一語不發地垂下雙手。

「哦……？怎麼？是已經死心了嗎？」

「……妳這隻三腳貓，還真是不知天高地厚。」

真那說完後，夏洛特一副覺得十分可笑的樣子發出嗤笑。

「呀哈哈哈哈哈！妳搞得清楚狀況嗎？憑妳這副模樣，究竟能奈我何呢？」

然後，響起「嗡……」的低沉驅動音。大概是在光劍上顯現出魔力之刃吧。

「我不想跟妳耗下去了。妳快點去死吧。」

夏洛特在轉瞬間拉近與真那之間的距離。不過，不知道是從哪個方位逼近。然而——

「那妳就親眼瞧瞧嘍。」

真那揚起嘴角，對腦內下達指令。

於是，配合這個指令，留在雙肩的零件和握在雙手的劍開始變形，朝四面八方開啟砲門。

「〈群雲〉——殲滅形態。」

「什——」

金庫室充滿魔力光——

抹消了夏洛特短促的聲音。

銀行前現在擠滿了警察、媒體以及看熱鬧的民眾，現場一片混亂。

不過，這也是理所當然的事吧。畢竟竟然在大白天明目張膽地搶銀行，還押銀行行員和民眾當人質，關在銀行內不出來。

而且不知為何，搶案發生後僅僅數十分鐘，入口的鐵捲門便向上升起，疑似原本被囚禁在銀行內的人質們走了出來。

所有人異口同聲地表明是被一個小女孩所救，而警方卻完全沒有採取任何行動。這些要素複雜地牽扯在一起，一口氣提高了這件搶案的關注度。

「警部，為什麼不攻堅呢？人質應該已經全部遭到釋放了！」

一名年輕刑警在包圍銀行入口的警隊外圍逼問壯年警部。不過，警部只是一臉不耐煩地抓了抓頭。

「我也不知道啊。上頭命令我們再稍等一下。」

「這……這是怎麼一回事啊？」

「就說我也不知道了啊！只是，上頭說現在進去的話會受傷——」

警部話還沒說完，下一瞬間，銀行便響起炸彈爆炸般的轟然巨響。四周宛如發生地震一樣劇烈搖晃，而銀行的窗戶同時破裂，隨後從內部迸發出刺眼的光芒。

「什……這是……？」

刑警因戰慄而瞪大了雙眼。銀行裡究竟發生了什麼事……？

「警部，不能再等了！請立刻下達攻堅命——」

不過，刑警卻在此時止住話語。

理由很單純。因為有無數的紙鈔飄散在空中。

「什麼……？是……是錢嗎……？」

由於突如其來的事態，所有人瞬間目瞪口呆，但隨後便理解了狀況。聚集在銀行前的上百位民眾開始爭先恐後地撿鈔票。

◇

「——所以，妳朝四面八方釋放魔力，結果連整個金庫一起炸飛？」

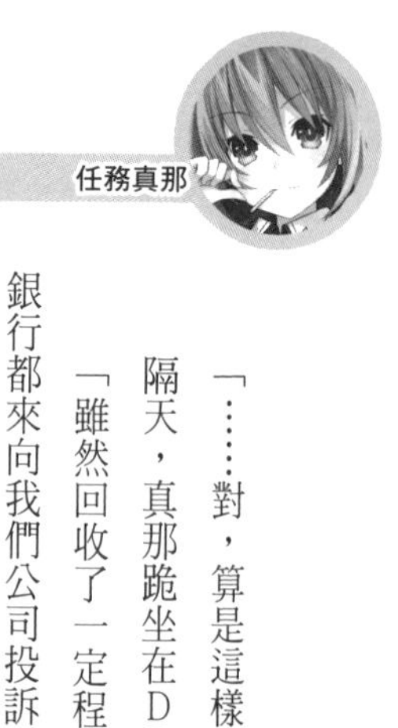

「……對，算是這樣吧。」

隔天，真那跪坐在DEM總公司大樓的一室，戰戰兢兢地回答艾蓮的問題。

「雖然回收了一定程度的紙鈔，但包括修繕費在內，損失金額大約是五百萬英鎊……警方和銀行都來向我們公司投訴。」

「……真是沒臉見人了。」

真那沮喪地垂下肩膀後，位於艾蓮身旁的潔西卡便一臉愉快地笑道：

「啊哈哈哈！妳真笨耶。為什麼不能處理得更圓融一點啊！」

「……因為敵人笑的方式跟潔西卡一樣，我一時火大就……」

「妳……妳說什麼！」

「——總之……」

艾蓮靜靜地發出聲音，阻止真那和潔西卡鬥嘴。

「如果用妳的薪水償還——大概要一百年又多一點的時間才能全部還完吧。希望妳那時候還在DEM當巫師。」

「要……要我來付嗎！」

真那驚愕地瞪大雙眼。

「那是當然啊。不過，這樣好了。如果妳能殺死精靈，一隻就多給妳一百萬英鎊的特別獎金。期待妳發憤圖強。」

「等一……！」

艾蓮不等真那把話說完便走出了房間。潔西卡吐了吐舌頭，跟在艾蓮後頭離開。

真那一個人被留在房間，發愣了一會兒後無力地頹倒在地。

探長琴里

MysteryKOTORI

DATE A LIVE ENCORE 4

飄浮在天宮市上空一萬五千公尺的空中艦艇〈佛拉克西納斯〉。

艦長五河琴里和她的友人分析官村雨令音一同走在艦艇內的走廊上。

「令音，之前的分析資料，等一下可以寄給我嗎？」

說完，琴里豎起嘴裡含著的糖果棒。

她是一名披著深紅色外套，年約十四歲的少女。用黑色緞帶紮成雙馬尾的頭髮，以及一雙如橡實般圓滾滾的雙眸，以她的容貌背負艦長這個顯赫的頭銜，稍嫌過於年幼。

「……嗯，我知道了。我馬上傳給妳。」

不過，走在她身旁的令音卻不怎麼在意這件事，點頭答應她的吩咐。這名女性的特徵是隨意紮起的頭髮、一雙充滿睡意的眼睛，以及嚴重的黑眼圈與踉蹌的步伐。

當然，事到如今並沒有任何一個船員對琴里擔任艦長以及司令官一職提出異議。不過，自琴里上任以來，一次也沒有對她的年齡和容貌表現出驚愕或不信任的，就只有令音一人。

但也有可能只是她不在意這種芝麻小事罷了——琴里和令音因此建立起超越階級和年齡，相處起來很舒服的朋友關係也是不爭的事實。

「——啊，對了，聊個題外話，下星期妳有空嗎？」

「……下星期的什麼時候？」

「唔……什麼時候都行，不過六、日比較方便。」

「……很遺憾，我六、日有事。」

「這樣啊，真可惜。聽說『La Pucelle』推出新甜點了，我本來想跟妳去嚐嚐鮮。」

「……新甜點？」

「大量使用當季水果與最高級馬斯卡彭起司的特製千層聖代。」

「……我會把時間空下來。」

「幹得好。」

令音仍舊以一臉呆愣的表情回答。琴里揚起嘴角笑了笑。雖然從令音的表情難以判斷她的情緒，但相處久了之後，琴里多多少少能看出她喜悅的神情。

「下午人會很多，我們挑上午去吧。我也會在前一天把工作都處理完——」

就在琴里轉著手指，開始計劃六、日的安排時——

「——呀啊啊啊啊啊啊啊啊啊！」

走廊前方傳來高亢的尖叫聲，令琴里不禁抖了一下肩膀。

「什……什麼事！」

「是從妳的辦公室傳來的。好像發生了什麼事，我們快點去瞧瞧。」

「好……走吧……！」

琴里點頭答應後，便和令音一起在走廊上跑了起來。不過……令音奔跑的速度實在過於緩慢，以致於兩人的差距非常大。

不久，琴里抵達走廊盡頭——她的辦公室前。電子門已經開啟，〈佛拉克西納斯〉的船員椎崎雛子驚愕地瞪大雙眼，望著房內。看樣子，剛才的尖叫聲是她發出來的。

「椎崎！到底發生什麼事了！」

「司……司令……！那……那是因為，那個……！」

椎崎表現出一副混亂的樣子，不停揮動著雙手，然後指向辦公室內。

「我……我剛才過來這裡一看，發現了那個……！」

「所以說，到底發生了什麼事啦！」

琴里一臉納悶地皺起眉頭，從椎崎的身邊探出頭看自己的辦公室。

然後——與椎崎一樣，愕然地瞪大了雙眼。

「什麼……！」

有一名男子——

俯臥在琴里辦公室深處的左邊。

修長的身材以及一頭長髮。雖然他臉部朝下，無法得知他的容貌，但琴里馬上便認出了他是誰。他是琴里的副官，同時也是〈佛拉克西納斯〉的副艦長，神無月恭平。

然而，琴里立刻明白椎崎並非看到神無月倒臥在地就發出尖叫。

因為他的身體周圍散落了一地的花瓶碎片——頭部流出大量鮮血，地板上形成一灘血泊。

沒錯。

「神無月在琴里的辦公室，倒臥在血泊之中」。

宛如老套的懸疑連續劇中的一幕。就算把這種事情告訴別人，恐怕對方也只會一笑置之吧。

不過，充滿室內的血腥味讓這愚蠢的一幕越來越真實。琴里用手摀住嘴巴，抑制從胃部湧上來的嘔吐感。

「……這是……」

當琴里和椎崎因為眼前異常的事態而僵住身體時，令音從後方趕來，經過兩人的身旁，進入室內。

「啊，令……令音……」

琴里出聲後，令音便輕輕舉起一隻手，像是在表達「交給我處理」，然後衝向倒臥在地的神無月身旁，抬起他被血濡濕的左手。

接著按住他的手腕，數秒後——

「令音……神……神無月的狀況如何……？」

「…………」

琴里發出顫抖的聲音詢問，令音便垂下雙眼，靜靜地搖了搖頭。

「……很遺憾。」

「怎……怎麼會……」

聽見令音說的話，琴里感到心臟一陣緊縮。同時，她身旁的椎崎當場癱坐在地。

不過，這也無可厚非。

平常在一起的人突然毫無預警地遭遇到這種事，無法整理思緒也是無可奈何的事吧。

然而，琴里赫然瞪大雙眼，嚥下一口口水。

然後再次仔細觀察神無月的姿態。

俯臥在地的身體、頭部出血，以及散落在四周的花瓶碎片。

詳細的情形必須經過調查才能知道，但以上的情景顯示出一種可能性。

那就是——神無月可能「慘遭某人殺害」。

在這艘空中的密室——〈佛拉克西納斯〉內。

「…………！」

仔細想想，在目擊神無月淒慘姿態的瞬間就應該立刻察覺到這種可能性。琴里緊握住拳頭，望向癱坐在旁的椎崎。

「──椎崎，立刻下令禁止使用傳送裝置。」

「咦……？」

「我的意思是，禁止任何人從〈佛拉克西納斯〉降落到地面上。傳達完命令後，就去調查艦內是否有可疑人物。再來──」

琴里咬了咬嘴脣，繼續說道：

「──跟所有船員說，我會去問話，請大家先做好準備。」

「…………！」

聽見這句話，椎崎似乎也總算思考到那個可能性。只見她一瞬間將眼睛瞪得圓滾滾的，然後輕輕點了頭。

沒錯。〈佛拉克西納斯〉是一艘空中艦艇，通常飄浮在天宮市上空一萬五千公尺。要進入艦內，只能利用設置在機體下方的傳送裝置從地上直接回收。而這件事必須靠〈佛拉克西納斯〉內部人員的操作才能達成。

也就是說，幾乎不可能有其他外部的陌生人能踏入這艘艦艇。保險起見，下令船員調查艦內是否有可疑人物的琴里也非常清楚這一點。

而這就表示——

在琴里也十分熟識的船員當中，可能隱藏著殺害神無月的凶手。

◇

經過大約兩小時後，數名男女聚集在琴里的辦公室。

琴里。

令音。

〈詛咒娃娃〉椎崎。

〈穿越次元者〉中津川。

〈迅速進入倦怠期〉川越。

〈社長〉幹本。

〈保護觀察處分〉箕輪。

所有人既是〈佛拉克西納斯〉親愛的船員，同時也是——神無月恭平殺害事件的嫌疑犯。

神無月的遺體已經移到其他地方，他原本躺著的地方用膠帶貼成人的形狀。而散落在四周的花瓶碎片，則分別標示出「A」、「B」等英文字母。

琴里已經事先向船員們說明事情的經過。所有人鐵青著臉，窺視彼此的模樣。

這也難怪吧。因為殺害神無月的凶手搞不好就在這些人之中。

「——令音。」

「……了解。」

琴里彈了一個響指，令音便打開手上的文件夾。

「……推測神無月進入這個房間的時間是下午兩點左右。雖然不知道他是被人叫來還是有其他原因，他來到了琴里的辦公室——可能遭到某人重擊後腦杓。然後，椎崎在下午兩點二十分左右來到琴里的辦公室，發現了神無月……事情就是這樣。」

「某……某人……究竟是誰啊？」

箕輪一副心神不定的樣子，用手指捲繞她亂翹的頭髮說道。琴里靜靜地吐了一口氣。

「還不知道……不過，查遍整艘艦艇也沒有發現船員以外的人。而且，當時能進來這間辦公室的——就只有現場的人員而已。」

「…………！」

琴里說完後，所有人同時屏住了呼吸。

「我也不想懷疑大家，所以請你們想成這是為了證明你們清白的程序。從右至左，可以請你們告訴我下午兩點的時候，你們在做什麼嗎？啊，我先聲明，那個時間我和令音一直在一起。」

琴里一邊說一邊望向站在最右邊的川越。

「川越，說吧。」

「是……那個時候——我待在休息室。」

「這樣啊，在睡覺嗎？」

儘管認為這個問題有點多餘，琴里還是問出了口。

不過，川越卻一臉尷尬地移開視線。

「……不，那個……」

「怎樣，你當時在做什麼？」

「……對不起，下週是我女兒的生日，我在上網挑禮物……」

「……這種行為不可取啊。讓身體休息也是一項了不起的工作喔。」

聽見這個回答，琴里唉聲嘆了一口氣。

「這……這我非常明白，可是……我的第三任前妻很難搞，如果不是這種日子，她根本不讓我見女兒……！」

「……喔喔，這樣啊。」

琴里再次嘆了一口氣，面向下一位船員——中津川。中津川推了推眼鏡，開口說道：

「下午兩點嗎……當時我……」

然後，不知為何一副難以啟齒的模樣含糊其辭。或許是覺得中津川的反應很可疑，椎崎瞇起眼對他說：

「難道你做了什麼見不得人的事情嗎？」

「才……才沒這回事！只……只是，當時我……正在休息室裡組裝我堆了許久的模型……」

「……工作時間你在幹什麼啊？」

「對……對不起……」

琴里語帶嘆息地說完，中津川便一臉愧疚地縮起肩膀。

「那你是跟誰在一起？有人能幫你作證嗎？」

「沒……沒有……我是一個人。啊！不……不過，我當時剛好從休息室的窗戶看到箕輪朝司令妳的辦公室走去！」

「你說什麼？」

琴里皺起眉頭，望向站在中津川旁邊的箕輪。箕輪慌張地揮了揮手。

「不……不是啦！我的確有經過休息室，但沒有去司令的辦公室！」

「那麼，妳是去了哪裡？」

「這個嘛……我……那個……我是去洗手間。」

箕輪羞紅了臉，移開視線。琴里瞇起眼睛回答：「這樣啊……」

「……我還是問一下好了，妳應該沒有在洗手間裡做什麼跟工作無關的事吧？」

「唔……！」

琴里說完後，箕輪就像是被說中心事似的往後仰。

「對不起……智慧型手機遊戲剛好是獎勵時間。」

「……真是受不了你們耶……」

琴里不耐煩地抓了抓頭，並且望向下一個船員——幹本。

「那麼，幹本。你當時在做什麼？」

「是！我在艦橋工作！」

「你說你在工作，具體來說是在做什麼？」

「是。重要據點來電，我用隱匿回路通訊……」

「原來如此。既然曾經通訊過，只要向對方確認，應該就能得到不在場證明。所以，重要據點是指哪裡？通訊對象的名字是？」

琴里說完後，幹本突然噤口不語。

「怎麼，不能說嗎？」

「難……難不成，凶手是幹本……！」

椎崎全身顫抖地說完，所有人便像在警戒幹本一樣向後退了一步。

「才……才不是！我什麼也沒做——！」

「那麼，你應該說得出口吧？你當時在跟誰通訊？」

「這個嘛……是『Esperanza』的珍妮佛小姐……」

「…………」

其他船員的視線全部射向幹本。

「……可以別用艦艇的回路跟店裡的小姐通電話嗎？我們好歹算是祕密組織耶。」

「對……對不起……！一不小心就……！」

琴里嘆了一口氣後，望向幹本旁邊的椎崎。

「再來是……第一發現者椎崎。」

「是……」

椎崎鐵青著一張臉點了點頭，繼續說道：

「下午兩點的話……我當時應該正在製作資料。不過，我有一些事情想向司令確認，前往辦公室後，就發現神無月副司令……」

「……原來如此。不過，那點小事，不用特地到辦公室，透過通訊或是電子郵件確認不就好了嗎？」

「是沒錯啦……但我當時剛好想要休息一下，想說就順道過去一趟……」

「這樣啊……所以，那究竟是什麼資料？」

「是……是的……那個……其實是……」

椎崎表現出一副難以啟齒的模樣後，認命地開啟雙唇：

「……是天宮市推薦甜點地圖……」

「那是用來討精靈歡心的？還是自己的興趣？」

「……………呃，一半一半。」

「……喔喔，是嗎？」

琴里唉聲嘆了一口氣。

雖然只是簡略地問了一下，但總算是對全部的船員進行完偵訊。然而，有明確不在場證明的就只有琴里和令音兩人。

「這樣子，案情根本沒有進展呢……」

琴里搔了搔頭。但是，既然〈拉塔托斯克〉是祕密組織，當然就無法讓警察或偵探進入艦艇內。琴里等人必須想辦法靠自己抓出殺害神無月的凶手。

「那個……話說，副司令為什麼會在司令的辦公室呢？」

此時，箕輪露出百思莫解的表情，畏畏縮縮地舉起手。於是，川越盤起胳膊回應她：

「當然是因為被凶手叫來的吧。」

「可是，這是司令的辦公室耶。叫人來這裡，未免太不自然了吧？」

「嗯……確實是不太自然。說到把人叫到這種地方也不會被懷疑的人……」

「…………」

所有人的視線——

都直直地投向琴里。

「……你們幹嘛？」

「不……沒事……」

川越滿頭大汗，搖了搖頭。

中津川緊接著扯開嗓門，改變話題：

「搞不好不是被人叫來的。」

「怎麼說？」

幹本歪頭表示疑惑。中津川推了推眼鏡繼續說道：

「也就是說，這起案件可能不像我們所認為的是有計畫的犯罪，而是突發性的殺人。」

「突發性……」

「對。也就是這麼一回事。」

中津川豎起一根手指接著說：

（——報告，關於之前那件事……）

（！呀……呀啊！你……你幹嘛隨便進來啦！）

（哇啊！司……司令未成熟的身體露出來了！）

（少廢話！快……快點給我滾出去！）

（呼！呼！我……我忍不住了！）

（呀啊啊啊啊啊啊啊啊！）

（搓手搓手搓手，搓手搓手搓手！舔嘴！舔嘴舔嘴舔嘴舔嘴！）

（幹嘛啊，你這個變態……！）

鏘啷！

（唔啊！）

（啊……！神……神無月！神無月……！喂，不會吧，你醒醒啊……！）

「……大概就像這樣。」

「啊——」

中津川的小劇場演完後，其他人深表認同地點了點頭。

「喂！你在亂想像些什麼啊！我怎麼可能在辦公室裡換衣服啊！」

「沒……沒有啦，終究只是有這種可能性而已啦……」

琴里大聲怒吼後，中津川便苦笑著搖了搖頭。

「不可能有這種事好嗎……再說，那個花瓶根本不是這間辦公室的東西。」

「咦？是這樣嗎？」

椎崎瞪大了雙眼。琴里點頭回答：「是啊。」

「至少我沒看過。今天上午我待在辦公室的時候，房裡應該也沒有那個花瓶。」

「那麼，那個花瓶到底是誰……」

「應該……是凶手拿來的吧？」

椎崎表示不解後，箕輪便如此回應。不過，椎崎再次發出低吟。

「為什麼凶手要特別用花瓶砸副司令呢？就算不用花瓶，也能拿一開始辦公室就有的東西行凶啊。」

「聽妳這麼一說是還滿有道理的……不過，這個房間裡能當成鈍器使用的，頂多只有司令的終端機或是電腦而已吧。用那種東西砸的話，連機器也會壞掉吧。」

「那麼，凶手是怕機器壞掉，才故意從外面把鈍器帶進來嗎？」

「這表示凶手認為機器壞掉會造成他的不便嘍？」

「…………」

幹本說完後，所有人的視線又投向琴里。

「……你……你們從剛才開始是什麼意思啊。所有人都在懷疑我嗎！」

「沒……沒有！我們怎麼敢啊！」

幹本急忙搖搖頭。琴里從鼻間哼了一聲。

「真是的……重點是，我沒有殺害神無月的動機啊！為什麼有必要做出這種事啊！」

琴里環抱雙臂，一臉不悅地說道。於是，船員們「嗯、嗯」地點了點頭表示同意。

「就……就是說啊。五河司令怎麼可能殺死她優秀的副官，副司令啊。」

「那是當然啊。雖然他有時候會做出類似性騷擾的言行舉止。」

「有時候真的很噁心就是了。」

「司令有時候也會難得真的動怒就是了。」

「沒想到竟然會演變成這種地步……」

「司令！為什麼不找我們商量啊！」

「就說了，為什麼要搞得好像就是我殺的一樣啊！」

琴里忍不住大叫出聲，拍打桌面。船員們抖了一下肩膀，然後同時露出尷尬的苦笑，房間裡充滿不自然的沉默氣息。

在這樣的氣氛中，令音是房裡唯一沒有露出動搖神情的人。她緩緩地將手抵在下巴。

「……不過，確實令人好奇凶手的動機呢。凶手究竟為什麼要襲擊神無月？」

「就是說啊……他人是怪了點沒錯，但沒想到竟然會有人恨他恨到想要他的命……」

就在琴里一臉疑惑，皺起眉頭如此說道的瞬間，箕輪像是想起了什麼事情似的，猛然瞪大了雙眼。

「妳怎麼了？想到什麼事情了嗎？」

「……對。雖然我不知道殺人動機，但前陣子大夥兒工作完，一起去喝酒的時候……」

箕輪一邊說一邊望向川越。或許是察覺到這道視線，川越的臉頰冒出了汗水。

「川越曾經這麼說過吧……他說要是沒有神無月先生的存在，自己就能當上副司令了……」

「咦……咦咦！」

「難不成，凶手是川越……！」

聽見箕輪說的話，所有人無不露出驚愕的神情。川越焦急地大喊：

「等……等一下啦！那不過就是喝酒開的玩笑話嘛！這種小事，大家都會說吧！」

「不～～會～～」

「我們才不會……」

「說那種話～～」

「畢竟川越想出人頭地的欲望很強嘛。」

船員們一個一個說道，陷他人於不義。只見川越滿頭大汗，咬牙切齒。

「……你們說這種話好嗎？」

然後目露凶光，以鋒利的視線望向椎崎。

「椎崎，我啊，可是看到了喔。」

「咦……？」

突然被指名，椎崎抖了一下肩膀。

「看……看到了什麼……？」

「妳隨身攜帶的詛咒娃娃，貼著神無月副司令的照片……！」

「什麼……！」

椎崎露出驚愕的表情。此時，一個小小的詛咒娃娃好巧不巧從她的懷裡掉了出來。

——臉上貼著神無月的照片，頭上還縫著疑似是神無月的長髮。

「什……這……這是……！」

「難不成，凶手是小雛——」

「妳用詛咒……殺害了副司令……！」

船員們露出充滿戰慄的表情。椎崎焦急地說了：

「我才沒有！這終歸只是第二種咒法，不會殺死詛咒對象！不過就是被釘子釘到的部位會出現原因不明的瘀青，莫名地感到悶痛和呼吸困難罷了……！」

「……呃，這就夠恐怖了吧。」

琴里有些畏縮地說完，其他人便一起點頭表示贊同。

「話說，椎崎，如果妳不是凶手，為什麼要帶著這種東西？」

「那是因為……是神無月先生拜託我的。」

「咦？」

「……他說：『椎崎，妳可以詛咒別人吧！詛咒的力量到底會讓人多痛苦！我很好奇！』」

「啊……。」

聽見椎崎充滿說服力的話語，船員們紛紛點頭表示認同。的確很像是那個男人會說的話。

「那麼，襲擊神無月的人，不是妳嘍。」

「當……當然不是……！再說，若是因為這種小事就被懷疑，那麼我知道有個人有更明確的殺人動機！」

「咦，是誰？」

琴里如此催促，椎崎便慢慢轉頭——與幹本四目相接。

「幹本，你曾經這麼說過吧。說你以前帶神無月先生去過一次常去的酒店，結果妳喜歡的小姐被他搶走了，讓你很火大……！」

「唔……！」

椎崎豎起手指狠狠指向幹本後，幹本便將身子向後仰，一臉痛苦地發出呻吟。

「怎麼樣啊？雖說當時黃湯下肚，但你好像氣得要命吧？」

「那……那是……」

「真的嗎，幹本？」

琴里輕聲問了，幹本便猶豫了一陣子，最後認命地點頭稱是。

「沒……沒錯……因為凱薩琳明明對我說：『我好喜歡好喜歡你，超愛你的，I love you、我愛你、Mahal kita、我只愛你一人，社長，人家想要香奈兒出的新款。』……」

「……你完全被當作冤大頭了呢。」

即使椎崎露出鄙視的神情這麼說，幹本也一副聽不進去的樣子。他緊握住拳頭，熱烈地繼續說道：

「結果，她一看到副司令的長相，眼睛就冒出愛心，離開了我的身邊……！我不喝酒還活得下去嗎！」

「……也……也是啦，神無月先生長得是滿帥的。」

「不僅如此！副司令竟還對凱薩琳說：『嗯，妳的腿真美啊。可以請妳踩我嗎？好，來吧！

咦？這裡不是那種店嗎？啊……真可惜。沒辦法了，給我來杯酒。對，杯口大一點的那種，不用加冰塊。不過在我喝下這杯酒之前，可以請妳先把腳泡在酒裡嗎？好了，來吧。』……！」

「嗚哇……」

聽見這過於寫實的回想，琴里皺起了眉頭。那個男人確實有可能說出這種話。

「結果，凱薩琳真的覺得很噁心，就叫黑衣大哥把我一起扔了出去，害我成為店裡的黑名單，以後無法再去那間店消費了啦！而且，你們知道副司令當時說了什麼嗎！他竟然說：『哈哈，原來如此。這種玩法我也可以接受呢。』他把我心裡的一處綠洲給毀了還這樣！」

「啊……你形容得實在太生動了，簡直是歷歷在目呢。」

「所以……你就不小心殺了他嘍？」

箕輪發出「喝！」的一聲，做出揮下鈍器的動作，幹本便臉色大變，搖了搖頭。

「怎……怎麼可能！剛才的話句句屬實，但我並沒有殺害副司令！」

「呃……可是啊……」

「剛才的你完全被逼急了，擺出一副凶手的表情，說出自己和受害者產生嫌隙的經過……」

所有人的視線全集中在幹本身上。幹本痛苦地從喉嚨發出「唔……！」的聲音後，猛然指向箕輪。

「真……真要這麼說的話，箕輪！妳不也抱怨過副司令，說他把妳和妳男朋友的關係搞得一塌糊塗嗎！」
「什麼……！」
被指到的箕輪表情染上驚愕之色，僵住了身體。就在這個時候，椎崎一臉納悶地歪了頭。
「奇怪……？不過，箕輪的男朋友……」
「我記得官司已經打完了吧。法院不是禁止妳跟他聯絡嗎……」
沒錯。正如箕輪的外號〈保護觀察處分〉一樣，她因為愛得太深，被前男友一狀告上法院，現在法律應該禁止她與她的前男友接觸才對。
琴里詢問後，箕輪便憂鬱地點了點頭。
「是啊……所以這幾年，我都會事先製造好不在場證明，不讓他發現，只是悄悄地看著他……法律不僅禁止我和他接觸，甚至不許和他交談隻字片語……可是，我很幸福。光是下班後在房間聽著他生活的聲音，我就……」
「……呃，箕輪，妳真是受不夠教訓耶。」
即使椎崎這麼說，箕輪仍然沒有什麼反應。
「不過，有一天，知道這件事的神無月先生對我說：『啊……妳一心一意愛著他的心意實在是太美了！請務必讓我幫忙！』……當時我感到非常開心。因為竟然有人能理解我和他之間柏拉圖式的純真愛情！但是，沒想到我真是錯得太徹底了……」

「嗚嗚！」箕輪做出拭淚的動作，繼續說道：

「神無月先生趁他出門的時候，闖進他的房間，在所有牆壁上貼滿了我的照片……！結果，我安裝在房間的竊聽器和針孔攝影機被發現，他之前接到不出聲的騷擾電話也鎖定我為犯人，我就被命令要主動再次出庭……！最後，你們知道神無月先生說了什麼嗎？他竟然說：『咦？這不是長期的放置Play嗎？』竟然破壞我和他之間的純愛！可惡的神無月！我絕不原諒他～～！」

箕輪露出如惡鬼般的面容，高聲吶喊。她身旁的椎崎臉頰冒出汗水。

「……這……簡單來說，就只是妳的『犯罪行為被拆穿』了吧……對妳男朋友來說，神無月先生根本是英雄吧……」

「所以，妳因為這份怨恨就殺了他……」

「我才不會做這種事咧。我犯罪可不會留下證據。」

中津川如此說完，箕輪便盤起胳膊哼了一聲。

「…………」

這句話莫名有說服力。船員們臉頰抽搐，露出苦笑。

「而且，我也知道誰有殺人動機。你說是吧，中津川。」

箕輪斜眼望向中津川。可能是突然被叫到名字嚇了一跳，中津川抖了一下。

「妳……妳說我嗎……？」

「是啊。你前陣子不是有說嗎？說神無月先生玷汙了你老婆。」
「…………！」
箕輪說完的瞬間，中津川眼鏡底下的眼眸露出猛獸般的神態。
「你好像有怒氣呢。發生了什麼事？」
「……是。」
琴里詢問後，中津川眼神暗淡地娓娓道來：
「那大約是一個月前的事情了。當我正在自己房間疼愛芽衣的時候……」
「芽衣？」
「是中津川很愛惜的公仔。好像是叫什麼蜜絲緹，給小女生看的動畫角色。」
「喔喔，原來如此。」
椎崎壓低聲音解釋。於是琴里點了點頭，豁然開朗。
「神無月先生剛好經過，表現出一副對芽衣很感興趣的樣子。芽衣這個角色跟其他戰爭少女比起來確實比較年輕，未成熟的軀體是她的魅力所在……正好是神無月先生喜歡的類型。當時我情緒也很高漲，兩人意氣相投，就一起喝起酒來。」
中津川做出擦拭懊悔眼淚的動作，繼續說道：
「不過……我錯了。我因為很久沒喝酒，心情很好，就這麼睡著了。然後，等我清醒的時候，被眼前的光景嚇壞了……」

「發……發生什麼事了？」

琴里臉頰流下汗水說完，中津川便皺起臉，發出悲痛的聲音：

「神無月先生竟然用下流的手勢把芽衣全身上下摸了一遍，最後還舔了她啊啊啊啊！」

「嗚哇……」

琴里露出厭惡的表情，向後退了一步。雖然無法理解中津川的興趣，但自己的東西被人亂舔確實很討厭呢。

「而且，你們知道我最不能原諒的事是什麼嗎……！我明明不是NTR屬性（註：愛人被別人搶走、睡走），但我卻莫名興奮起來了啊啊啊！之後，我只要碰到這種情況就會呼吸急促……！你們能明白我不得不以那種眼光看待二次元裡一百個老婆的痛苦嗎……！我絕對饒不了神無月！這個罪過，就算用你的命來抵，也償還不了……！」

「……是……是這樣喔……」

琴里對熱情訴說的中津川感到厭煩，臉頰流下汗水。

就在這個時候，中津川猛然抖了一下肩膀，開始向大家解釋：

「不……不過，我可沒有犯下殺人這種滔天大罪喔……！」

「…………」

其他人對中津川投以懷疑的視線，過了一會兒，可能是發現大家半斤八兩吧，便開始尷尬地移開目光。

「……話說，像這樣聊開後，所有人或多或少都有殺害神無月的動機呢……」

琴里語帶嘆息說完，所有人便露出複雜的神情嘆了一口氣。

「……哎，誰教他是那種人啊。」

「本人應該是沒惡意啦……」

「因為他一舉手一投足都令人覺得噁心嘛……」

「而且不是開玩笑，他真的很變態……」

「雖然沒有要維護凶手的意思，但也不是不能理解他的心情呢……」

「副司令怎麼沒被抓去關啊……」

「…………」

片刻之間，辦公室裡籠罩著奇妙的沉默氣息。

然而——就在這個時候……

「——哈哈哈，大家聚在一起是在幹什麼啊？」

辦公室的門突然被打開，一名露出異常爽朗的笑容，頭部纏著繃帶的男子——神無月恭平隨後走了進來。

聚集在辦公室的所有人一瞬間露出目瞪口呆的神情——

「嗚……嗚哇啊啊啊啊啊啊！」

「什……什什什什什麼！」

「鬼……鬼啊啊啊啊啊！」

看見不可能站在那裡的人物突然登場，無不感到驚愕。

不過，神無月本人卻只擺出一副若無其事的樣子，爽朗地笑道：

「哎呀，好新穎的反應啊。簡直像看到鬼一樣。」

「神無月……！你……還活著嗎？」

琴里詢問後，神無月便一臉納悶地瞪大雙眼回答：

「當然啊。啊，還是說，這是把我當成死人對待的新型放置Play嗎？啊，真不錯！這麼玩也不賴呢！」

神無月臉頰泛紅，扭動著身軀。琴里露出鄙視的眼神。確實是神無月本人無誤。這是長得跟他很像的人或是失散的雙胞胎的可能性很低。

就在這個時候，琴里望向從剛才就沉默不語的令音。

「喂，令音，這是怎麼回事？妳剛才不是說神無月死了嗎——」

「……？我完全沒說過這種話啊。」

「咦？可是妳的確——」

琴里一邊說一邊回想發現神無月屍體（？）時的事情。她記得那個時候，令音測了測神無月的脈搏，搖頭說了一句：「……很遺憾。」

「……啊。」

她的確沒說過神無月死了。

「真是的，害我誤會……！」

琴里胡亂搔了搔頭。神無月似乎察覺到辦公室的氣氛跟往常有異。他猛然瞪大雙眼，摀住嘴巴抽抽噎噎，感動流淚地說道：

「難……難不成你們，是在擔心我嗎……！喔喔，這是多麼令人感動的情景啊！世界真是太美好了！」

說完，他誇張地張開雙手。

看見神無月這副模樣，船員們皺起眉頭——

「……………………唉！」

然後輕輕嘆了一口氣。

「？你們這是怎麼了啊？」

「不……沒什麼。」

「是啊，什麼事都沒有。」

「我完全沒有『臭凶手，為什麼不確認他有沒有斷氣啊』這種念頭。」

「什麼啊，原來沒死喔。」

神無月「哈哈哈」地露出笑容。船員們臉上浮現複雜的表情，再次嘆了一口氣。

「……等一下，事情還沒有結束啊。神無月沒死是很好，但發生傷人事件是不爭的事實。神無月——」

「是，什麼事？」

神無月斂起笑容，回應琴里。

「你還記得你在這裡昏倒前的事情嗎？」

「是，當然記得。」

「——那麼，你也知道拿花瓶砸傷你的凶手嘍。究竟是誰？」

琴里詢問後，船員們便神色緊張地嚥了口水。這也難怪。原本以為死掉的受害者還活著，本人就是最有力的證人。

然而——

「凶手……嗎？沒有啊，我只是摔了一跤罷了。」

「啥……？」

聽見出乎意料的答案，琴里目瞪口呆。

「這……這是怎麼回事啊？」

「妳問我怎麼回事，就是我剛才說的那樣啊。」

「什麼！那你為什麼會在我的辦公室啊！而且，這個凶器花瓶又是打哪兒來的……！」

琴里皺起眉頭說完，神無月便露出燦爛到令人火大的笑容，豎起大拇指。

「喔！我本來想把裡面藏有超小型攝影機的花瓶放在司令的辦公室，卻不小心滑了一跤！」

「…………」

琴里和其他聚集在房間的船員全都沉默無語。

「……椎崎。」

「是。」

在這片沉默中，琴里發出輕微的聲音後，椎崎便似乎理解了琴里的心思。她將先前從懷裡掉出來的詛咒娃娃遞給琴里。

琴里毫不留情地用力扭轉詛咒娃娃的身體。

於是，不可思議的事情發生了。站在房間入口的神無月竟然按住腹部一帶，癱倒在地——

「感謝您！」

該說是果不其然嗎？神無月雖然表情痛苦，卻又帶著一絲喜悅。

雙面十香

ReverseTOHKA

DATE A LIVE ENCORE 4

「……唔唔。」

——假日的商店街為何如此人山人海？

七罪思考著這種事，忐忑不安地四處張望。

她是一名把亂翹的頭髮綁成兩束的嬌小少女。歪斜的雙眼表現出不安，臉龐白皙，削瘦的肩膀不住地顫抖。

不過，這些形容詞還是經過了極力的修飾。七罪頭髮亂翹的情形並非像法國娃娃那樣柔軟蓬鬆，而是如果洗完澡忘記吹乾頭髮就會梳也梳不開，硬邦邦又蓬亂如麻的髮質。說是嬌小削瘦，也不是像字面上解讀的那樣可愛，真要說的話，比較接近營養不良的小孩模樣。雙眼的形狀看似感到不安且不悅是事實，但她眼睛本來就長成這樣，用「歪斜」來形容不知道恰不恰當。

——自我評價是如此的七罪會對別人的視線感到不自在，可說是必然的事情。

「……唔、唔。」

她的腦海裡充滿了走在周圍的民眾看見自己後發出嘻嘻嗤笑的妄想。她的心情就像是明明沒有出現仙女卻來到舞會的仙度瑞拉，有種上流階級的名流人士看見其貌不揚的灰姑娘，掩嘴嘲笑的錯覺。

不過，七罪不像仙度瑞拉那樣天生麗質。順帶一提，她的心地也並不善良。所以，或許正是因為如此，仙女才沒有出現在她面前吧。

——啊，可是她為什麼要到這種地方來呢？感覺不知從何處傳來「嘻嘻、嘻嘻」這樣嘲笑七罪的聲音。思考混亂、視野扭曲，已經分不清什麼是什麼了。

然而——

「……七罪？」

耳邊傳來這樣的聲音，同時有人抓住她的手，將她拉回了現實。

「啊——」

往聲音來源望去，發現眼前佇立著一名少女。

這名少女身材嬌小，一頭亂翹的髮絲是她的特色。要是這麼形容，會給人她的外表就如同七罪一樣的感覺，但這不得不說是條列式寫作構造的缺點。

雖然一頭亂髮，卻與七罪那宛如地板刷刷毛的髮質不同，是柔軟蓬鬆的髮質；雖然個子嬌小，卻與七罪那宛如枯木的身形不同，而是充滿了像小動物般的可愛感覺。

沒錯。彷彿將這個世界上所有閃耀燦爛的東西聚集成人形般的神聖姿態。她就是我們的女神，啊啊！四糸乃大人。

「妳沒事……吧？」

「啊哈哈，妳好慌亂喔，七罪。」

四糸乃與戴在她左手上的兔子手偶「四糸奈」如此說道，就如同王子和仙女一起出現在站在絕望深淵的仙度瑞拉面前一樣。七罪感覺到自己因緊張而僵硬的身體稍微放鬆了下來。

「抱……抱歉……我不太喜歡人多的地方。」

七罪一臉尷尬地說了。四糸乃沒有取笑她，真摯地回答：

「不會，我也……不喜歡。不過，今天沒關係。因為有四糸奈和……七罪陪我。」

「四糸乃……」

聽見四糸乃充滿慈愛的話語，七罪不由得差點感動啜泣、五體投地。

不過，她緊急踩了剎車。因為這裡是商店街的正中央，而她現在正與四糸乃相親相愛地買東西。要是七罪突然趴在地上，四糸乃肯定會驚慌失措吧。

七罪好不容易壓抑住內心滿溢的深厚情感與感謝之意，僅僅點了點頭。

「那麼……我們去逛下一間店吧。妳要看帽子吧？」

「對。啊，不過……」

七罪說完後，四糸乃便仰望附近的時鐘，回答：

「快要中午了，要不要先吃飯？」

「啊，已經快要中午了啊……」

聽四糸乃這麼一說，肚子也剛好餓了。不愧是四糸乃，思慮真周到。體貼人心的天才；一定會是個好老婆；好想跟她結婚。

「也好……吃完午餐再逛吧。」

「好，就這麼辦。」

「啊，不過我們只有兩人和一隻，餐廳可能不會給我們好臉色看……」

說完，七罪露出愁眉苦臉的表情。

其實，七罪以前和四糸乃&「四糸奈」出門的時候，曾經為了吃午餐而鼓起勇氣走進了一家裝潢時尚的餐廳，但是當時店員一直不停地問她們：「只有妳們兩人嗎？」「監護人沒有一起來嗎？」

當然並非所有的店家都會這麼問，而那家店也不是拒絕服務，但七罪本來就已經夠害怕跟人說話了，就連點餐也要費盡一番心力。雖然沒有留下陰影，但無法否定那個經驗對她造成了心理障礙。

四糸乃大概也記得那件事吧。只見她露出有些為難的表情，「啊哈哈」地苦笑。

「的確有可能呢……」

「欸欸，那這麼做如何？」

於是，「四糸奈」像是想到什麼好主意似的輕輕點頭後，舉起手指向沿路排列的店家。

「這裡也有賣許多像是章魚燒、紅豆餅、鯛魚燒之類可以現買現吃的東西，我們去買那些看起來很美味的食物，在公園的長凳上坐著吃，也別有一番風味吧？」

「原來如此……這個主意很不錯呢。」

的確，如果這麼做，即使七罪和四糸乃以及「四糸奈」兩人一隻去買東西吃，也不會讓人感到不自然吧。

「那麼，就這麼辦吧。」

「好的。」

四糸乃點了點頭。七罪也點頭回應後，便和四糸乃並肩走在商店街的路上。

雖然不是第一次走在這條街上，但仔細觀察後，發現意外地有許多能外帶的餐飲店。七罪輕聲發出驚嘆。

「哦……像這樣仔細一看，還滿多小店的呢。飯糰、鬆餅……啊，也有煎小籠包。」

「呵呵……！」

就在這個時候，走在七罪身邊的四糸乃發出這樣的笑聲。

「！咦！怎麼了？我說了什麼奇怪的話嗎？是不是最好去死一死？」

「不，不是這樣的……！」

七罪說完後，四糸乃便連忙搖頭。

「只是覺得，這樣子真不錯呢……」

「咦？」

「跟朋友出門，用零用錢買食物，然後一起到公園吃……我想對大家來說這一定沒什麼，但我卻覺得……非常開心。」

四糸乃一臉害羞，臉頰微微泛紅地說道。

「四糸乃……」

七罪也跟著羞紅了臉。

「也……也對……我們是朋……朋朋……朋友嘛……」

雖然結結巴巴，七罪還是好不容易說出「朋友」這個還未習慣、令人害羞的詞彙。於是，四糸乃面帶微笑回應七罪。未免太可愛了一點吧，跟她結婚好了。

就在七罪想著這種事情的時候，四糸乃突然像是發現了什麼東西似的瞪大雙眼，停下腳步。

「啊——」

「？四糸乃，妳怎麼了？」

「沒有，在那裡的人是……」

四糸乃一邊說一邊指向前方。

七罪循著四糸乃的指尖移動視線後，發出「啊」的一聲。因為四糸乃所指的地方站著一名眼熟的人物。

那是一名身穿暗色服裝、五官亮麗的少女。一頭宛如夜色的長髮正和風兒嬉戲，一雙水晶眼瞳凜然地凝視前方。不會錯，她正是和七罪以及四糸乃住在同一棟公寓的精靈，夜刀神十香。

十香現在正站在章魚燒小店前，有些疑惑地盯著手上的章魚燒包裝。

「那是十香……對吧？」

四糸乃有些沒自信地如此說道。

不過，七罪大概知道四糸乃為何會在語尾加上問號。

站在那裡的，無庸置疑是十香沒錯。不太可能七罪和四糸乃兩人一起認錯人，更重要的是，不可能還有好幾個像她如此美麗的少女。

不過，她的樣子有些奇怪。若是問七罪和四糸乃兩人到底哪裡奇怪，她們也說不上來，總之……十香散發出來的氣息感覺就是和七罪她們所認識的她不同。

如果把平常的十香比喻為家犬，那麼現在的十香可說就像是一隻野生的孤狼吧。無論是表情還是動作，總散發出一股危險的氣息。

「……發生什麼事了呢？是章魚燒加了什麼奇怪的東西嗎？」

「看起來好像不是那樣呢……」

正當七罪和四糸乃感到納悶的時候，十香表情凶惡地抓起一顆章魚燒，嗅了嗅味道後，扔進嘴裡。

咀嚼了數秒後，一口嚥下。

「……唔。」

然後，她抽動了一下眉尾，接著面無表情地「抓起、扔進、抓起、扔進」，有節奏地吃起剩下的章魚燒。

「唔……果然還是平常的十香……？」

「可是，如果是平常的十香，感覺會吃得更津津有味。」

「就是說呀～～」

四糸乃和「四糸奈」回答七罪。從十香吃章魚燒的節奏來判斷，她似乎並不討厭章魚燒（看她吃的速度反而可說是非常愛吃章魚燒），但她的表情實在很難說是會讓製作料理的人感到開心，完全不像平常反應誇張的十香。

就在這個時候，十香似乎吃完了章魚燒。只見她舔了舔沾在嘴唇上的醬汁，邁步離開現場。

於是，賣章魚燒的老闆急急忙忙叫住十香。

「這位客人，不好意思，妳還沒有付錢……」

「……？」

十香微微皺起眉頭停下腳步，瞥了一眼老闆的臉後，再次邁開步伐。

「喂，等一下、等一下！妳這樣我很為難耶！」

老闆走到店外，追著十香，搭上她的肩膀。

瞬間──

「你做什麼，混帳！」

十香冷冷地如此說完，老闆的身體彷彿被一雙隱形的手推開一樣突然被震飛，重重地撞擊到地面。

「唔呀！」

「哼！」

老闆發出短促的哀號聲後，十香從鼻間輕輕哼了一聲，迅速離去。

七罪和四糸乃與走在路上的行人們一樣，怔怔地凝視著這個情景一會兒後，立刻抖了一下肩膀，衝到老闆的身邊。

「你……你沒事……吧？」

「痛痛痛……啊啊，謝謝妳啊，小姐。」

四糸乃一臉擔憂地出聲關心老闆，老闆便搓揉著撞擊到地面的背站起身。順帶一提，原本七罪也打算說句什麼機靈的話，但她心想難得老闆得到聖少女四糸乃的金言安慰，要是自己開口說話，可能會毀掉一切，於是選擇保持沉默。絕對不是在最後關頭說不出話。絕對不是。

「剛才是怎麼回事啊……總之，她吃了霸王餐，我得打電話報警才行……」

「……！那……那個……！」

四糸乃露出「要是叫警察來就糟了」的表情說著，從錢包裡拿出五百圓硬幣。

「不好意思，我來付錢，請你不要報警……」

「咦？為什麼小姐妳要幫她付錢？」

「呃，那個……不……不好意思……！」

四糸乃深深低頭道歉後，便直接朝十香離去的方向跑走。

「啊，四……四糸乃！」

七罪也急急忙忙追在四糸乃的後頭，奔馳在商店街。

十香明明吃了霸王餐還出手傷人，卻不怎麼焦急的樣子，踏著緩慢的步調在路上前進。雖然踏出的腳步不如十香大，但七罪和四糸乃不久後還是追上了她。

「十……十香……！」

四糸乃大聲呼喚十香的名字。

然而，十香沒有停下腳步。與其說她故意不理會四糸乃的呼喚，倒不如說她似乎不覺得那是在叫她。

「……？」

七罪和四糸乃對看後，再次邁步奔跑，繞到十香的面前阻擋她的去路。

就在這個時候，十香才終於發現了兩人一隻的存在，停下了腳步。

「十香，妳到底怎麼了呢……」

「就是說呀～～買東西就要付錢啊～～」

「……對……對啊。」

「…………」

四糸乃、「四糸奈」和七罪對十香提出建言後，十香便一臉疑惑地皺起眉頭。

然後——

「——妳們是誰？」

十香以不像她平常會有的冷淡語氣如此說道。

「咦……？」

「妳……妳在說什麼啊……？」

面對十香出乎意料的反應，四糸乃和七罪的表情染上困惑之色。

看見十香表現出與平常截然不同的態度，兩人的腦海裡一瞬間掠過「果然是長得很像的其他人吧」這種想法。

不過，眼前這名少女的容貌分明就是十香。如果十香有一個和她失散的雙胞胎姊妹，那倒另當別論，可是……目前除了八舞姊妹以外，還不確定其他精靈是否有雙胞胎姊妹。

話雖如此，應該也不可能因為被責備吃霸王餐就突然假裝成別人吧……照理說，十香一旦發現自己做錯事，應該會立刻認錯道歉才對。

就在兩人搞不清楚狀況的時候，十香像是察覺到什麼事情似的抽動了一下眉尾，目不轉睛地凝視著四糸乃的臉。

「……妳……妳好像似曾相識吶。妳擋住我的去路，究竟有何意圖？」

「十……十香……？」

「給我讓開，不然就休怪我無情。」

十香露出銳利的視線狠狠瞪著四糸乃和七罪。兩人被十香的魄力所震懾，發出「噫！」的一聲，瞬間僵在原地。

「……唔？」

不過就在這時，十香像是對兩人失去興趣般移開視線後，邁開步伐朝別的方向快步離去。

可以看見她的前方有一間店家，販賣看起來很好吃的肉捲飯糰。看來，她似乎是被肉捲飯糰散發出的香氣給吸引了。

「呼……呼……到底是怎麼回事啊？她竟然會嚇唬我們……」

「可是，我放心不下她……」

七罪嘆了一口氣後，四糸乃便擔憂地說了。

從這種小事也能看出只擁有不及常人的體貼的七罪和天神四糸乃的差別。七罪懷抱著自我警惕與羨慕的心情點點頭後，便和四糸乃一起跟在十香身後。

「喝啊！」

八舞耶俱矢發出吆喝聲，同時揮出戴著手套的右手痛毆拳擊機。畫著標靶的小型沙袋倒向後方，顯示在液晶螢幕上的理成龐克頭、穿著墊肩的彪形大漢噴出鼻血被揍飛。

之後響起「鏗鏗鏗！」的輕快聲響，畫面顯示出「299pt！」的文字。

「唔，差一分……？這個囂張的臭機器，竟然敢跟本宮作對！」

耶俱矢板起一張臉，苦惱地發出呻吟。於是，背後傳來嘻嘻笑聲。

「讚賞。夕弦就先稱讚耶俱矢的成績只差目標一分吧。不過，很可惜。在夕弦百分之百正確的一擊面前，些微的誤差會造成致命的傷害。」

從鼻間發出哼哼兩聲如此說道的是耶俱矢的雙胞胎姊妹，八舞夕弦。她和耶俱矢十分相像的臉露出得意洋洋的表情，挺起和耶俱矢不太相像的胸膛。耶俱矢皺起眉頭，發出「唔」的一聲，裡頭包含了各種情緒。

「勝負還未揭曉！好了，接下來換夕弦汝了！」

耶俱矢拿下戴在右手的手套，遞給夕弦。夕弦自信滿滿地將手套戴上左手，站到拳擊機前。

耶俱矢和夕弦正位於天宮市內的遊樂場一角。由於今天是假日，兩人一起來遊樂場玩……但是熱愛競爭的八舞姊妹來到遊樂場這種娛樂之地，怎麼可能不比劃比劃。

兩人現階段比過格鬥、賽車、音樂，以及桌上曲棍球遊戲，兩勝兩敗戰成平手，打算以這個拳擊機來一決高下。

不過，只是單純比力氣沒什麼看頭。於是，兩人事先設定目標分數，看誰擊出較接近目標的分數，誰就勝利。

「微笑。呵呵，夕弦就讓耶俱矢見識見識夕弦拳頭的精準度。」

夕弦露出狂妄的笑容，將一百圓硬幣投進機臺。然後，一邊觀看液晶螢幕顯示出的精彩畫面一邊「砰！砰！」地輕輕捶打右手掌，確定手套的觸感。

『──呀哈！』

長相凶惡的人物發出怪聲出現在畫面，畫面中央寫著「揍我啊！」的文字同時發出亮光。

「毆打。喝啊。」

夕弦發出不知到底是有幹勁還是沒幹勁的吆喝聲，用力毆打沙包。被紅色合成皮包裹住的圓柱發出響亮的聲音，倒向後方。

畫面中的人物同時被擊飛，顯示出分數。

——和耶俱矢一樣，是「299pt！」。

「很好！同分！」

耶俱矢一看見分數就握拳做出勝利手勢。

……因為同分，所以並沒有獲勝。但夕弦原本自信滿滿的態度顯露出些許不安。

「失算。是太小力了嗎？明明揍下去的手感滿不錯的……」

夕弦一臉懊悔地低聲呻吟，接著拿下手套，左手一握一放，重覆了幾次這個動作。

「嘿嘿，總之再比一次吧！手套拿來！這次本宮一定會擊出準確的分數！」

耶俱矢伸出手後，夕弦便遞出手套——維持這個姿勢，瞬間停下動作。

「嗯？怎麼了？」

「注視。耶俱矢，妳看那個。」

「什麼東西？」

耶俱矢感到疑惑，朝夕弦凝視的方向望去，便看見一張熟悉的面孔。

「那不是十香嗎？竟然一個人來遊樂場，真稀奇。」

耶俱矢挑起眉毛。沒錯。位於視線前方的，正是和耶俱矢兩人就讀同一所學校的精靈十香。

「疑惑。不過，她看起來好像有點奇怪。」

夕弦一臉納悶地歪了頭。

的確，似乎有點能理解夕弦想表達的感覺。雖然難以形容究竟是哪裡不對勁，但總覺得現在的十香散發出來的氣息跟耶俱矢兩人所認識的十香有些不同。

「嗯……這是發生什麼事了啊？喂～～十香！」

耶俱矢扯開嗓門，發出不亞於響徹整間遊樂場的遊戲聲的聲音呼喚十香。

然而，十香沒有發現。耶俱矢吸了一口氣後，加上肢體動作，發出更宏亮的聲音。

「喂——！十香——！」

「……？」

此時，十香終於望向耶俱矢。

不過，她的表情不太對勁。與其說那是有人呼喚自己的名字所做出的反應，倒不如說是發現發出怪聲的可疑人物。

十香踏著悠然的腳步走向耶俱矢和夕弦，擺出一副唯我獨尊的態度盤起胳膊。

「妳們也似曾相識呢。妳們方才是在呼喚我嗎？跟剛才那兩個小不點稱呼我的名字一樣。」

「啥……？」

聽見十香說的話，耶俱矢目瞪口呆。夕弦也同樣露出困惑的表情。

「疑惑。十香，妳怎麼了？說話方式跟耶俱矢裝腔作勢的時候差不多。」

「誰裝腔作勢啦！」

耶俱矢忍不住大叫出聲。不過……夕弦說的也不無道理。十香這名少女說話原本就帶點古代的感覺，今天口氣又特別明顯，很有特色。

十香興致缺缺地望著耶俱矢和夕弦鬥嘴——臉突然抽搐了一下。

「那是何物？」

十香如此說完，指向夕弦手上的手套。聽見這個問題，耶俱矢再次歪了頭感到疑惑。

「那是……拳擊機的手套啊。汝不是也有玩過嗎？」

「我沒有印象。」

「…………」

聽見十香超然的用字遣詞，耶俱矢頓了幾秒之後——

「啊……」

臉頰流下汗水。

她似乎明白十香的意圖，知道她在做什麼了。

沒錯。由於沒有確切的證據，只是猜測……但應該是故意在塑造一個新的性格。耶俱矢也有這方面的經驗，所以大概能理解。

十香肯定也是到了那種時期。從她說話的方式看來，這個新的性格應該是擁有強大的力量卻又不知世事的公主類型吧。就像是看見電視會說出「這……這個箱子是什麼！裡面有人！」的那種感覺。耶俱矢記得自己在確定現在的個性之前，也曾經摸索過這種屬性。

不過，實際上十香剛現界到這個世界的時候，不需要特意扮演什麼角色就是這種狀態了，所以對她來說可能比較得心應手吧。

耶俱矢搔了搔臉頰。雖然有許多話想說，但身為人生的前輩，這時應該溫柔地守護她吧。

「啊……總之，十香汝要不要也玩玩看？」

「…………」

十香露出納悶的表情，接過手套。

◇

「——哼哼哼哼嗯哼哼，哼嗯哼哼哼♪」

誘宵美九心情愉悅地哼著歌，踏著輕快的步伐走在街上。

今天她難得休假，出門逛街，享受購物的樂趣。由於偶然發現香氣芬芳的身體乳液和浴鹽，從剛才起她的情緒就十分高漲。

不對，正確來說，還有另一個原因。美九現在前往的地方也大大影響她的心情。美九現在正走在通往東天宮住宅區的路上。

沒錯，有著美九心愛的達令&甜心天使們所居住的房子和公寓的地方。難得今天所有人都有空，所以全都受邀到五河家吃晚餐。

當然，離晚餐還有一段時間。就算現在到場，料理也還沒有做好吧。不過，就算是這樣也無所謂，因為從後面看著士道穿圍裙做菜也是晚餐聚會的醍醐味。

「哼哼哼……啊！」

途中剛好經過百貨公司的櫥窗。美九扠起腰，擺出姿勢。

一名有著迷人比例的少女映在擦拭乾淨的玻璃上。雖然她遮住頭的報童帽和大墨鏡很礙眼，但這也無可奈何。要是身為偶像明星的美九在這種地方露出真面目，可能會被路人發現。

不過正確來說，她並不在乎被人認出來，只是想避免因為路人索求簽名和握手而耽誤了前往五河家的時間。

就在這個時候——

「哎呀？」

踩著跟鞋走在路上的美九突然停下了腳步。

因為她看見前方那名少女的背影很眼熟。

一頭如夜色的美麗黑髮沐浴在陽光下閃閃發光——是美九可愛的甜心天使，十香。

竟然能在前往士道家的途中和十香會合，真是太幸運了。美九平日的一舉一動，老天爺肯定都有看在眼裡。美九在心中述說著對上天的感謝，大大地揮了揮手。

「十——」

不過，美九在此時止住話語，接著掩住嘴巴暗自竊笑。

看見十香毫無防備的背影，她想起了一個好主意。

「呵呵呵呵……」

美九靜靜地微笑，躡手躡腳地前進，來到十香身邊。

然後熱情地張開雙手，從背後一把緊抱住十香。

「十香，抓到妳了！」

然而——

「哇！」

下一瞬間，她的雙手卻撲了個空。美九因為衝上前的餘勁而多走了好幾步。

「奇……奇怪？」

美九墨鏡底下的眼睛瞪得老大，東張西望地環顧四周。因為前一秒還站在那裡的十香不見了蹤影。

就在這個時候，美九在距離她數步之遙的地方發現了十香的身影。美九雖然歪著頭對剛才不可思議的現象感到疑惑，但她再次朝十香的背猛撲過去。

「喝啊！這次人家一定要抓到妳……」

不過，結果還是跟剛才一樣。美九撲上去的瞬間，十香便「咻！」的一聲消失得無影無蹤。

「哎……哎呀……又消失了～」

「——妳有何企圖？」

後方傳來這樣的聲音。美九大吃一驚，屏住呼吸回過頭，發現十香散發出一股威嚴的氣息站在那裡。

「咦？十香……？」

看見十香的表情，美九一臉納悶地皺起眉頭。因為眼前的十香看起來和美九所認識的十香有些不同。

不過對美九來說，那根本不是什麼大問題。雖然十香的態度的確比平常冷漠了一點，但這樣也無所謂。美九性感地扭動著身體，發出甜美的聲音：

「討厭啦，十香，妳發現啦？那妳直接跟人家說不就好了嘛——那人家重新再來一次。」

美九將手張得像虎頭海雕的翅膀那麼大，這次從正面擁抱十香。

不過，十香此時猛力將右手推向前方，按住美九的臉。於是怪鳥美九原地拍打著她的翅膀。

「唔！」

「妳的目的是什麼？」

十香露出銳利的眼神，用力擠壓美九的臉頰。美九噘著嘴皺起臉，發出含糊不清的聲音：

「倫……倫家哪有啥麼目的……倫家只素想和十香來割熱情的擁抱……」

美九口齒不清地說完便放下張開的雙手，用指尖撫摸十香抓住自己臉頰的手。

「……！」

或許是美九的行動太出乎意料了，只見十香的表情染上戰慄之色，同時放鬆了手的力氣。

「有機可乘！」

美九就這麼滑過十香的手，擒抱住她的身體。

但美九並不打算推倒十香。她緊緊摟住十香的身體，將臉埋進十香柔軟的胸口，深深呼吸了一口氣。

「咳、咳……好……好香的味道啊……！」

「妳這個傢伙。」

正當美九露出陶醉的表情歌頌這個世界的春天時，頭上傳來怒氣沖沖的聲音。

下一瞬間，美九感受到頸子被抓起的觸感。

◇

「——啊，有了、有了，洋蔥醬。」

五河琴里正在超市與陳列架大眼瞪小眼。她找到要買的東西之後，輕聲說道。

她是一名用白色緞帶將頭髮綁成雙馬尾的少女。現在她左手提著購物籃，右手則是拿著購物清單。

「我看看，這是最後一樣了吧。」

琴里一邊說一邊逐一檢查購物籃裡面的東西與手上的購單清單是否相符。起司粉、鮪魚罐頭、剛才找到的洋蔥醬，以及預定拿來當作明天早餐的竹莢魚——和琴里最愛的加倍佳棒棒糖。正確來說，加倍佳棒棒糖並不在購物清單中就是了。這算是幫忙跑腿的人擁有的權利吧。

沒錯。今天的晚餐，精靈們難得齊聚一堂，卻少了幾樣食材，所以琴里就被派來買東西了。

「好！全買齊了！」

琴里緊緊握拳，將購物清單收進口袋，走向收銀台。

然後一邊牢記著不能忘記拿出士道交給她的集點卡一邊結帳，將購買的東西一個一個塞進環保袋。

順帶一提，來到超市時，這個環保袋裡原本裝滿了清洗過後拆開的牛奶紙盒和用來裝食物的免洗托盤。由於超市外面有回收箱，士道沒有將那些東西扔進垃圾筒，而是洗乾淨後晾乾……士道在琴里出門的時候，將裝有這些回收品的環保袋交給她。琴里再次深深感受到士道當家庭主夫的能力。

「嘿咻！」

琴里將裝滿東西的環保袋揹在肩上後，穿過自動門走出商店。

「嗯，呼呼呼！」

然後發出分不清是哼歌還是笑聲的聲音，摸索環保袋，拿出剛才買的加倍佳棒棒糖，熟練地拆開包裝，扔進嘴裡。

口中充滿了新鮮水果的香氣和風味。琴里不由自主地露出笑容，踩著輕快的步伐踏上歸途。

不知走了多久，琴里看見一道熟悉的背影。那名少女有著一頭及肩的髮絲和纖細的輪廓。手上和琴里一樣，提著購物袋。

「折紙！」

琴里揮著手呼喚少女的名字後，少女便轉過頭來，以有如洋娃娃般面無表情的臉孔望向琴里。她是鳶一折紙，今天預計在五河家聚會的其中一名精靈。

「琴里。」

「真是巧耶！妳該不會正要來我家吧？」

「對。」

折紙依然面無表情地點點頭。琴里下意識地探頭看她手上提著的購物袋。

「啊，妳買了什麼啊？難不成是伴手禮？」

不過就在這個時候，琴里露出疑惑的表情。因為袋子裡裝著的好像是一些可疑的飲品和藥丸之類的東西。

「……那是什麼？」

「放心吧，我只會用在士道身上。」

「我希望妳也不要用在哥哥身上啦！」

琴里忍不住大叫出聲，然後打算將購物袋從折紙的手中搶過來。不過，就在琴里的手即將碰到購物袋的前一刻，折紙一個轉身避開了琴里的手。兩人像是跳著滑稽的舞般，玩了一會兒妳追我跑的遊戲。

「真是的！妳不要對哥哥做奇怪的事啦……奇怪？」

就在這個時候，琴里突然停下腳步。因為商店街的方向似乎聚集了許多人。

琴里一瞬間還以為是什麼街頭藝人在表演，或是正在拍攝什麼節目，然而……並非如此。待在那裡的並不是街頭藝人，也不是電視的攝影團隊，而是琴里熟識的兩名少女。

一名是左手上戴著兔子手偶的少女，而另一名則是表情看起來好像別人欠了她幾百萬的駝背少女。

——沒錯，她們正是兩人一起出去買東西的四糸乃和七罪。

不知為何，她們被數名大人包圍，一臉為難地縮起肩膀。而且那些大人不是穿著餐飲店的制服就是圍著繡有店名的圍裙，看來似乎是附近店家的服務人員。

「……那兩個人在幹什麼啊？」

「不知道。不過，看起來情況不妙。」

就在琴里和折紙觀察她們的情況時，七罪東張西望地窺視四周，趁那些大人不注意的時候，衝出包圍逃了出來。

「啊，喂！」

其中一名員工發現了便高聲吶喊，但為時已晚。七罪已經混入人群，逃離了現場。被留在原地的四糸乃驚訝地瞪大雙眼。

「……七罪逃跑了！」

「明智的判斷。」

「呃，或許是這樣沒錯啦……但是，她拋下四糸乃，一個人逃走了耶。」

七罪和四糸乃就像是一對姊妹淘。七罪應該不可能拋下四糸乃逃跑才對……
就在琴里思考著這種事情的時候──
「來，麻煩讓我過一下好嗎？」
人群中傳出這樣的聲音後，出現了一名女性的身影。
那是一名穿著深藍色制服，身材姣好的女警。似乎是聽見了騷動而前來查看情況。
不過，看見這名女警的姿態，琴里和折紙互相看了看對方。
這也難怪。因為那名警官的長相──正是利用變身能力變身成大人的七罪。
「好了、好了，這孩子就交給我，接下來的事我會處理。」
說完，七罪將手搭在四糸乃的肩上，望向聚集在周圍的員工們。看來七罪並不是逃跑，而是打算變身成警官幫助四糸乃。
不過，員工們卻對突然現身的女警投以懷疑的視線。哎……這也無可厚非吧。因為七罪的姿態雖然是女警，但裙子卻異常地短，還大膽地敞開前襟……簡單來說，怎麼看都只像是某種店裡角色扮演的女公關。
「那個……妳是警察……嗎？」
「是啊。看了還不知道嗎？」
「……呃，保險起見，可以請妳把警察手冊秀給我們看嗎？」

「咦？」

可能沒料到對方會說出這種話吧，七罪面帶微笑僵住身體，臉頰流下汗水。看見她的反應，那群員工露出更加懷疑的眼神。

「真是的……」

琴里輕聲嘆了一口氣，從口袋拿出黑色緞帶，解開頭上的白色緞帶，迅速地重新綁起頭髮。這個舉動是琴里獨特的思維模式。藉由更換成黑色緞帶，琴里便會從一名精神百倍、天真無邪的女孩子轉變成嚴厲強勢的司令官。

「受不了，真拿她們沒辦法。」

琴里無奈地呢喃後，望向站在身邊的折紙。

「妳展現出來的雙重人格態度，還是一樣完美呢。」

「妳才沒資格說我咧！」

琴里不由自主地大喊……不過，現在不是在意這種事情的時候。琴里穿過人群，毫不猶豫地走到兩人身邊。

「妳們到底在幹什麼啊，七罪、四糸乃，還有四糸奈？」

「啊──」

「琴……琴里……！」

「喔！天助我也！」

琴里呼喚她們的名字後，兩人便訝異地瞪大雙眼，一隻則是不停地揮動著雙手。

或許是從她們的對話察覺出琴里認識七罪她們吧，包圍住兩人的員工們便望向琴里。

「妳是這孩子的朋友嗎？」

「是啊。」

琴里如此回答後，疑似麵包店店員的男子便一臉苦惱地嘆了一口氣說道：

「那麼，妳知不知道這孩子父母的聯絡方式？我從剛才就一直問她，但她不肯回答。」

「…………」

琴里搔了搔臉頰。四糸乃和七罪是精靈，就算問她們有關父母的事情，她們也不知道該怎麼回答吧。

不過，問題不在這裡。重點在於，這兩個人似乎做出了需要聯絡監護人的事情。

「這孩子到底幹了什麼？」

琴里詢問後，男人便聳了聳肩，繼續說道：

「吃東西不付錢，就是吃霸王餐啦。明明吃了店裡的東西，卻說沒有帶錢。」

「吃霸王餐？」

聽見意想不到的話語，琴里不由得瞪大雙眼。

因為她不認為四糸乃和七罪會做出這種事，而且零用錢應該也給得很足夠才對。這句話令人難以置信。

話雖如此，也無法斷定是店員在說謊，畢竟有這麼多人受害。琴里點點頭回答「我知道了」，然後從口袋裡拿出錢包。

「多少錢？我替她付。」

「妳嗎？」

琴里說完後，男人一臉感到十分意外地瞪大了雙眼。

不過，這也無可厚非吧。因為琴里、四糸乃和逃跑前的七罪年齡都差不多，就算說是她們兩人的監護人，對方也不可能會相信吧。

「呃，可是啊……」

「沒關係的。我會狠狠罵她們一頓，叫她們下次不准再做出這種事。」

「唔……」

男人思考了幾秒後，可能是不想牽扯上什麼麻煩事，雖然心中尚有疑慮，還是點頭同意了。

「……反正我也不想把事情鬧大。只要好好付錢，我就不再追究了。」

「謝謝你。」

琴里低下頭道謝後，便詢問在場所有員工商品的價錢，依序把錢付清。

數分鐘後，琴里把所有的錢付完，再次面對四糸乃和七罪。七罪先到沒有人的地方，變回原來的姿態。

「——所以，妳們會好好解釋給我聽吧。為什麼事情會變成這樣？妳們兩人都剛好弄丟了錢包嗎？還是亂花錢，把錢花光了？」

琴里無奈地聳肩，四糸乃和七罪便同時搖了搖頭。

「不……不是的。其實是……」

四糸乃將眉毛皺成八字形，說明事情的來龍去脈。琴里聽完，不禁露出納悶的表情。

「十香嗎？」

「對……十香一個接一個地到處品嚐各種店家的食物……」

「……一開始我們還幫她付錢，但之後零用錢都付完了……」

「哎呀，還好有琴里在，幫了我們大忙啊。再那樣下去，四糸乃和七罪恐怕就要被賣到可怕的大叔那裡抵債了呢～～」

「四糸奈」打趣似的說道。只不過是沒付餐飲費，怎麼可能陷入那樣的事態……不過，四糸乃和七罪都是內向怕生的精靈，有一群大人逼近她們，她們一定感到很害怕吧。

不過，現在琴里更在意的是另一件事。不用說，就是十香。

「十香吃霸王餐……這的確是比四糸乃和七罪吃霸王餐還來得有真實性多了……但還是不太

自然呢。」

琴里露出苦思的神情，將手抵在下巴。

十香的確是精靈當中出類拔萃的大胃王。不過，士道封印十香的靈力已經過了半年以上。雖然一開始還欠缺社會常識，但她的適應力很強，很快就融入了社會，最近並沒有引起什麼問題。更別說是買東西不付錢這種事態，根本不可能發生在現在的十香身上。

雖然不清楚詳細情形，但是輕易就能想像到可能發生了什麼不祥的事態。琴里豎起含在嘴裡的加倍佳糖果棒，再次望向四糸乃和七罪。

「總之，不能放著處於那種狀態的十香不管。妳們知道她往哪裡去了嗎？」

琴里詢問後，四糸乃、七罪和「四糸奈」同時點了點頭，筆直地指向商店街的道路。

「那邊啊……希望她還沒走得太遠。」

琴里輕聲嘆息，便帶著四糸乃、七罪以及在後方等待的折紙，追在十香後頭。

琴里等四人和一隻走在街上大約五分鐘後。

「那是……」

琴里發現前方聚集了比剛才更多的人群，露出嚴肅的表情。

若是在還沒聽到四糸乃她們解釋之前，琴里應該會和剛才一樣，認為大概是在辦什麼活動吧。不過——現在的琴里大致猜得出是什麼人物造成這種局面。

「該不會是十香吧……？」

「可能是喔。」

折紙以毫無抑揚頓挫的聲音回答。琴里和三個人一起撥開人潮前進。

於是發現人群的中心站著兩名少女。是一對長相一模一樣的雙胞胎姊妹，八舞耶俱矢和八舞夕弦。不知為何，兩人肩並肩站在遊樂場前，被一名疑似店員的男子責罵。

「奇怪？不是十香，而是耶俱矢和夕弦……？」

琴里一臉納悶地皺起眉頭。可是就算不是十香，這種情形也不能忽視不管。琴里毫不猶豫地走到兩人身邊。

「耶俱矢、夕弦。」

「……！啊，琴里！」

「驚愕。四糸乃、七罪，還有折紙大師。妳們怎麼會在這裡？」

耶俱矢和夕弦大吃一驚地抬起頭。琴里無奈地嘆了一口氣。

「都聚集了那麼多人，當然會來看看怎麼回事啊。妳們到底做了什麼？」

「不，並不是吾等做了什麼……」

「首肯。我們是無辜的。」

琴里說完，兩人便不知所措地回答。

站在兩人面前的遊樂場店員怒氣沖沖地盤起胳膊。

「我們也不想懷疑客人啦。可是，拳擊機怎麼可能自己壞成那樣啊。」

說完，店員指向遊樂場的方向。

「嗚哇……」

琴里望過去後，瞪大了雙眼。

剛才在人群中看不見，但是擺放在入口附近的拳擊機機臺被破壞得慘不忍睹，微微冒著煙。

的確，如果不是用非常強大的力量破壞，不可能毀壞成這副德性吧。

「耶俱矢、夕弦，妳們……」

「就……就說不是吾等了……」

「解釋。這是有原因的。」

琴里瞇起眼睛，耶俱矢和夕弦便連忙搖頭。

聽見她們這麼說的店員露出不信任的神情，眉心刻劃出皺紋。

「所以，我就是在問妳們是什麼原因啊。到底發生了什麼事情才會把機臺搞成這樣？」

「那是因為……」

「小聲。琴里，可以借一步說話嗎？」

「嗯？怎樣啦？」

夕弦拉起琴里的手，將臉湊近她的耳邊。看來似乎是不想讓店員聽到。

「揭露。其實……凶手是十香。」

「咦？」

聽見夕弦說的話，琴里不禁皺起眉頭。於是，耶俱矢也壓低聲音緊接著說：

「吾等在玩拳擊機，結果十香突然出現。她好像對拳擊機很有興趣，吾等就讓她玩玩看……結果……」

「衝擊。可能是沒調節好力道吧，沙包部分整個被打飛。」

「沒錯、沒錯。然後，她就露出一副『哼，真是無趣』的表情，一溜煙地不知道跑到哪裡去了。就算是塑造個性，也做得太過火了吧？」

「首肯。結果店員就衝出來，懷疑是站在機器前面的夕弦兩人破壞的。不過，也不能拱出十香，鬧上警察局。」

「……原來如此啊。」

聽了兩人說的話，琴里將手抵在下巴低聲呻吟。

這話聽來有些蹊蹺。十香以前也曾在遊樂場毀壞過拳擊機。不過，那是在封印靈力後不久的事，而且是〈拉塔托斯克〉為了發洩她的壓力，故意讓她這麼做，全程也都在〈拉塔托斯克〉的監視之中。實在很難想像已經學習過社會常識的十香會做出那種事情。

不過，十香異常的舉動又符合剛才四糸乃和七罪說的情形。

「十香到底是怎麼了啊……」

就在琴里百思不得其解，發出低聲沉吟的時候，被忽視的店員不耐煩地用腳「咚咚」地踢著地面。

「妳們說完了沒？」

「啊啊，不好意思。」

琴里回頭望向後方如此回答後，便從口袋拿出手機，開啟〈拉塔托斯克〉的回路。她壓低聲音，請求派遣特務人員。

「……對，麻煩到我所在的地方。盡量快一點。」

於是，在琴里掛斷電話數分鐘後，一群身穿黑衣的男子撥開人群，現身在店員面前。

「你們……有……有什麼事嗎？」

「這次真的非常對不起，我們會賠償機器的費用。細節部分請聯絡這裡……」

「咦？喔……這樣啊……」

店員雖然擺出一副尚有疑慮的表情，但或許是被黑衣男子的氣勢所震懾，便回到了店裡。

「好了，去追十香吧。妳們知道她往哪個方向去嗎？」

琴里看著店員走進店裡後，對大家如此說道。

——下一堆人群不到三分鐘就又再次出現。

琴里一行人朝八舞姊妹指示的方向跑去，便在路的正中央看見一群看熱鬧的人潮。

「嗚哇，又來了。」

「這次會是十香嗎……」

「希望是……」

琴里和剛才一樣一邊撥開人牆前進一邊回答四糸乃。

接著看見民眾視線的前方站著一名少女。

不過，那一樣不是她們要找的十香，而是一名戴著報童帽和墨鏡遮住臉龐的高挑少女。

「那是……美九？」

琴里輕聲呼喚少女的名字。由於她遮掩住面容，琴里一時之間沒認出來，不過那無庸置疑是身為偶像的精靈，誘宵美九。

然而，在發現少女真正身分的同時，琴里的頭腦又產生了新的疑問。

因為美九不知為何被一名女警（不是七罪變身的那種假女警，而是真正的女警）從後方架住雙臂，不停揮動著手腳掙扎。

「不是的，警察小姐！妳誤會了！人家不是那種人！」

「好了，不要亂動！」

「呀！」

美九像是被以現行犯逮捕的犯人一樣不停抵抗。琴里一臉不知所以然的表情，走向美九。

「……妳到底在幹什麼啊？」

「！啊！琴……琴里！還有大家！」

看見琴里的瞬間，美九的表情一下子開朗了起來。

「怎麼回事啊？難不成妳口袋裡的白粉被發現了嗎？」

「什麼！」

聽見琴里開玩笑說出的話，女警做出反應。美九猛力搖了搖頭。

「不是啦！請不要在這種狀況下說出那種罪加一等的言論啦！」

「抱歉、抱歉……話說，妳說誤會，是指什麼事？該不會……跟十香有關吧？」

琴里露出銳利的視線詢問後，美九便一臉驚訝地將眼睛睜得圓滾滾的。

「咦！妳怎麼會知道。啊……該不會喜歡的人在想什麼，妳全部都一清二楚？」

「大家，我們快走吧。」

「啊！對不起，人家開玩笑的！不要拋下人家！」

美九露出一臉泫然欲泣的表情大喊。於是，琴里唉聲嘆了口氣後轉身面向她。

「所以，十香做了什麼？竟然驚擾警察出動，應該不是件小事吧。」

「啊，對，那個啊……這件事有非常複雜的理由……」

美九難以啟齒般含糊其辭。琴里皺起眉頭，望向架住美九的女警。

「請問，這個人做了什麼？」

「她違反了社會安全罰則。」

女警語帶嘆息地回答。聽見這句話，琴里臉頰流下了汗水。

「……那是指？」

「這個嘛，說得簡單一點……就是性騷擾。她撲向走在路上的女性，觸碰她的胸部，結果被那名女性制服了。」

「…………」

琴里聽了，臉頰微微抽動。

然後面向後方，出聲對四糸乃等人說道：

「大家，我們走吧。我們什麼也沒看見。」

「琴……琴里——！不是啦——！就算是我，也不會對陌生人做出那種事情——！人家是因為看見十香，想要嚇她一跳而已——！」

「就說不要亂動了！那個人說她根本不認識妳！」

「人家說的都是真的，警察小姐！人家跟十香感情很好，經常抱來抱去！」

美九發出哀號，揮舞著手腳亂鬧。

看來十香的態度和平常不一樣，這一點和剛才四人一隻說的話相同。

雖然覺得美九的情形跟其他人有些不同，但還是必須避免她因為遭到逮捕而造成精神狀態不穩定。琴里再次嘆了一大口氣後，拿起手機，拜託〈拉塔托斯克〉背地裡幫忙。

◇

在太陽西斜時分，士道在五河家的廚房發出「咚咚」有節奏的聲音，切著砧板上的蔬菜。

「……好了，沙拉做成這樣就行了吧。」

士道如此說道，並且簡單地洗了手，繼續做下一道菜。

由於所有人都出門了，現在只有士道一人在家。安靜的廚房裡，偶爾會響起砧板的切菜聲或是油炸食物的聲音。

隨著住在隔壁公寓的精靈增加，準備大量飯菜的頻率也跟著變多，但士道並不覺得辛苦。父母本來就經常不在家，所以五河家負責做菜的一直都是士道，況且自己大顯身手所做出的豐盛菜餚能讓大家綻放笑靨，反而能感受到某種價值和成就感。

「……嗯？」

就在這個時候，士道突然望向後方。因為他感覺有什麼聲音從家裡的某處傳出。

「是琴里嗎……？」

士道一邊說一邊關起爐火，走向走廊。

由於義大利麵不可或缺的起司粉和沙拉的醬汁用完了，士道託琴里去跑腿買東西。說到這裡，琴里也差不多該回來了。

不過，即使打開門環顧整個走廊，依舊不見琴里的身影。

反倒是看見——

「這是……」

士道看向腳下，皺起了眉頭。

因為竟然有剛才沒有的黑色腳印從玄關一路延伸到他的腳下。

能想到的情況，就是有人穿著鞋子直接進來家裡。但是……士道想不到有什麼熟人會做出這種事。

「…………」

他半下意識地嚥了一口口水。

這種時間應該不會有小偷上門吧……但事態明顯不正常。士道緊張得臉部僵硬，躡手躡腳地追蹤腳印——結果來到了浴室前面。

然後，發現浴室裡傳出了聲音。

很顯然的——有人在。士道再次濕潤喉嚨，下定決心後推開了浴室的門。

「是……是誰！」

然後扯開喉嚨大喊，威嚇神祕的入侵者。

然而——下一瞬間，士道啞然失聲，佇立在原地。

因為待在浴室的並非士道所想像的闖空門或強盜——而是一絲不掛的美麗少女。

「十……十香！」

士道不禁大叫出聲。

沒錯。待在浴室裡的，正是住在五河家隔壁公寓的精靈十香。

她似乎正在洗澡，而且不是用蓮蓬頭，而是舀起浴缸裡洗過的水淋在頭上。

濕漉漉的漆黑長髮緊貼在受上天眷顧、如天使般的胴體，散發出無比妖豔的魅力。士道再次嚥了一口口水，但心境上和剛才截然不同。

「啊……！」

就在這個時候，士道猛然抖了一下肩膀。事發突然，士道嚇得目瞪口呆，就這麼凝視著十香的裸體。而他終於察覺到自己的這個舉動。

「抱……抱歉！我沒想到是妳！」

士道羞紅了臉頰，移開視線。

然而，十香不僅沒有尖叫，也沒朝士道扔桶子，只是靜靜地用危險的視線狠狠瞪著他。

「…………」

被喚作十香的少女露出銳利的視線環顧出現在眼前的少年。

她一回過神來就站在陌生的地方，然後參考走在周圍的路人換上一身衣服，四處亂晃，觀察周邊的環境……但不知為何，腳步自然而然就走向了這個家。

然後，她發現了有水的地方，便趁機分解衣物，開始沖澡。由於剛才被一個身分不明的女生糾纏，她想要洗去身上的汙穢。

不過在她沖澡的時候，門卻被人一把打開，隨後出現了這名少年。

「……你這傢伙是……」

少女抽動了一下眉毛。

從剛才開始，少女就感覺自己曾在哪裡見過這名少年……終於，和她腦海裡的記憶連上線。

沒錯。這名少年正是她以前在高聳入天的建造物上見過的人類，不知為何揮舞著天使〈鏖殺公〉——和少女接吻的男人。

「…………」

在這段記憶甦醒的同時，少女嚴肅的表情更增添了警戒的色彩。

雖然她不太清楚為什麼自己會身在這種地方，但她依稀記得自己以前之所以會失去意識，全是因為被這名少年親吻的關係。

如此一來，這次發生的現象可能也跟這名少年有關。少女如此思考，向前踏出一步。

「——你……」

「抱……抱歉，十香……我真的不是故意的。」

就在少女發出聲音的瞬間，少年一臉抱歉地如此說道。

少女之所以會現界在這個世界，果然原因就出在這名少年身上嗎？可是從剛才開始，少年就避免和少女眼神交會。

「總……總之！我先回去廚房了！等妳洗好後，我再跟妳道一次歉！」

少年突然大喊，像是在摸索什麼似的揮動著手。

「……！」

——他是打算對我不利嗎？少女微微壓低重心，準備應付對方的行動。

然而，少年沒有朝她衝過來。他摸索到門把後，關上門扉，隔開兩人。

「別想逃！」

雖然不清楚少年打算做些什麼，但少女絕對不會讓他得逞。她立刻一把抓住門，阻礙少年的行動。

「你打算做什麼！」

「打……打算做什麼……我只是想要關門……」

「怎麼能如你的意。你好好給我解釋這個狀況。你呼喚我出來，究竟有何目的？」

「呼……呼喚……？那……那當然是為了大家一起吃晚餐啊……」

「……………」

少女不明白少年所言何意，眉心刻劃出皺紋。

「少扯開話題。看著我。」

「不……不是，這就有點……」

「住口。」

少女一臉不悅地說完便用力抓住少年的臉，硬是將他轉向自己。

「……嗚哇！」

少年的臉蛋更加通紅了。然後他將身體往後拉，像是要逃跑一樣。

「你給我站住。」

少女發出冷淡的聲音說完，朝少年踏出腳步。

然而——那一瞬間，少女滑了一跤，身體失去了平衡。

「唔……！」

由於事發突然，少女無法保持姿勢，就這麼把少年也一起拖下水，當場跌倒在地。

「……！」

「……！」

少女和少年驚愕得屏住呼吸的氣息交疊在一起。

不過——雙方都沒有發出聲音。

理由很單純。因為少女跌倒的時候，嘴唇偶然堵住了少年的唇瓣。

「——」

瞬間，少女感受到一股腦海裡濺出火花的感覺。

◇

「——呼！呼——」

琴里一行人氣喘吁吁地奔馳在天宮市的住宅區。

目的地是五河家——琴里的哥哥士道正在準備大家晚餐的那個家。

「妳說的是真的吧，美九！十香朝我家的方向去了！」

「對！沒錯！因為人家原本也打算前往那個方向！」

美九用左手按住帽子奔跑，從後方回答琴里。

由於警察內部也有〈拉塔托斯克〉的協助者，所以總算透過私底下的關係順利解決美九的事情，但多少花了一點時間。琴里緊咬牙根，在腳部施加更大的力量。

十香拜訪士道這件事本身並沒有任何問題。實際上，十香幾乎每天都來五河家玩。

不過，從大家說的話聽來，今天十香的狀態似乎非比尋常。希望只是十香一時情緒善變或是大家誤會了就好，但最壞的情況，有可能是靈力方面出了問題。既然如此，就無法樂觀看待。恬靜的住宅區街道上響起躂躂的腳步聲。

——不久，一行人抵達了目的地。

乍看之下，房子並無異常。至少玄關似乎沒有像遊樂場的拳擊機一般遭到破壞。

不過，還不能放心。琴里反射性地打開玄關的門後，啪躂啪躂地奔跑在走廊上，然後打開客廳的門。

「士道！你沒事吧！」

一行人湧入客廳後便立刻大喊。

然而——

「——喔喔，妳回來啦，琴里……怎麼，大家都在一塊啊？」

琴里一行人滿身大汗，迎接她們的則是若無其事回應她們的士道的聲音。

不對——不僅如此。

「喔喔，大家都來了啊！我等妳們好久了吶！」

「十香……？」

聽見緊接著在客廳沙發上傳來的聲音，琴里露出困惑的表情。

正如琴里所料，十香就待在五河家，但是……她並不如四糸乃等人所說的那樣，說話語氣和平常一樣開朗，並且朝她們揮手。

「……這是怎麼回事？」

琴里皺起眉頭望向一起跑過來的其他人，其他人便露出不可置信的表情，瞪大了雙眼。

「十……十香……？」

「……搞什麼啊，跟剛才的態度差很多耶。」

「唔？」

四糸乃和七罪這麼說了，十香便一臉疑惑地歪了歪頭。

「剛才……？妳們在說什麼啊？」

「咦……？怎麼，汝不記得了嗎？」

「困惑。十香也忘記自己把拳擊機打得稀巴爛的事情嗎？」

「妳害人家差點留下前科耶！」

「……呃，那是妳自作自受。」

即使大家妳一言我一語，十香仍然露出不知所以然的表情皺起眉頭。

「唔……？妳們在說誰啊？我沒有做出那種事情喔。」

「這究竟是……」

琴里將手抵在嘴巴。十香的表情看來不像是在說謊，但四糸乃等人也不太可能事先商量好，打算陷害十香吧。

「……士道，我問你，十香來這裡的時候，有沒有發生什麼異狀？」

「異狀？不，沒什麼特別……」

士道話才說到一半，不知為何一臉害羞地挪開視線，臉頰微微泛紅。察覺到這件事的十香也露出類似的表情。

「……你們兩個人是怎樣，發生了什麼事嗎？」

「不……沒有，沒什麼。對吧，十香。」

「嗯……對啊！什麼事都沒發生！」

「…………」

琴里目不轉睛地盯著明顯很慌張的兩人。於是，士道像是要蒙混過去般大喊：

「別管這個了！今天的菜很豐盛喔！大家快去洗手吃飯了！」

說完，士道拍了拍手催促大家。

所有人雖然還對十香之前的態度抱有疑問，但聞到從廚房裡飄散出來的難以言喻的香味後都露出微笑，聽從士道的話走向盥洗室。

「這……這到底是怎麼回事啊……」

琴里直到最後仍然皺著眉頭，但因為一路跑到這裡，已經飢腸轆轆，肚子正巧挑在這個時候發出咕嚕咕嚕的聲音。

「唔……」

琴里決定等吃完飯再追究這件事，接著也跟隨其他人的腳步走向盥洗室。

後記

好久不見，我是橘公司。

為您獻上以司令為標誌的《約會大作戰　安可短篇集4》。各位覺得如何呢？如果各位讀者喜歡本書，將是我莫大的榮幸。

那麼，雖然有點突然，但我在這裡要通知各位一件事。

在這本書發售的兩天後，八月二十二日，即將公開上映《劇場版 約會大作戰DATE A LIVE 万由里ジャッジメント》！哇！拍手拍手！

劇場版，而且是完全原創的故事。這非看不可了吧。請各位務必多多捧場！

通知也通知完了，就回到後記吧。

這次是《安可》，所以當然也是短篇集，但收錄在這本書的短篇並非和以往一樣是《DRAGON MAGAZINE》上刊登過的故事，而是集結了《約會大作戰DATE A LIVE》第一期動畫

藍光光碟&DVD中附贈的特典小說。因此，故事發生的時間大約是在第一期動畫結束左右，也就是原作小說第四集為止的時間。

那麼，接下來我想簡單地發表一下短篇集慣例的感想文。內容會提及少許的故事情節，還沒閱讀短篇故事的讀者請小心踩雷。

○打工十香

當初在構想特典的時候，想要將焦點一一放在單獨的角色身上，因此打頭陣的角色當然非十香莫屬。

所以在這篇短篇中，就決定讓十香去打工。由於故事的時間點是處於靈力封印後不久，所以十香的社會常識還不如現在多。但是十香只是缺乏知識，並不是頭腦笨（強調），她能透過自己的想法適應工作。而且，她最後會生氣也不是為了自己，而是因為士道受到了侮辱。嗯，十香真是可愛呢。超級可愛。能寫出這樣的女角，我真是個幸福的人兒。

○高中四糸乃

仔細回想起來，這篇短篇是配合第一集特典的封面（這本書的彩頁也有使用，是十香和四糸乃的插畫）構圖所產生的故事。感覺一開始會有這個想法，只是因為想讓四糸乃也穿穿看學校的制服。

再加上潛入要素，寫成潛入任務的風格。跟十香的短篇故事一樣，我想正因為這個時期的四糸乃還沒有習慣這邊的世界，所以才能寫出這樣的故事。一想到這裡，隨著角色人物的成長和小說中時間的流逝，能發展出新的故事，但同時也有些故事漸漸不能寫了呢。發現沒把夏天的游泳課寫進去是一段流下血淚的記憶。

○平凡折紙

折紙平凡化計畫啟動。順帶一提，這裡的「平凡」是指成績太過優秀、頭腦埋有電子零件、感受性和其他女生有偏差，跟興趣嗜好完全沒有關係。完全沒有。

我記得當初寫折紙和亞衣、麻衣、美衣的對話寫得非常開心。由於士道也已經漸漸習慣了折

紙的言行舉止，所以思考跟折紙沒有深交的一般人會如何應對折紙是件非常有趣的事情。沒有啦，折紙非常平凡。非常平凡啦。

○貓咪狂三

對貓咪和兒童很溫柔的狂三登場。以往沒有描寫的狂三的另一面，以及十香對貓咪的反應等等，我還滿喜歡這篇故事的。

說到這裡，感覺狂三的分身群會吐槽狂三本人，好像是從這篇故事開始的。之前我描寫分身，都是將她們寫成在狂三統制下的同一個生物，但是在進入魔幻的短篇時空後，獲得了自我。大概吧。應該就是這篇故事，影響了我後來在《安可3》創作出〈聖誕老人狂三〉吧。

○任務真那

這是真那還在DEM Industry時的故事。我個人也很喜歡這個故事。我很慶幸自己能夠寫出這篇故事，還有開頭潔西卡和艾蓮的對話。我寫這篇故事的時候是在第七集之後，所以潔西卡已經在本篇中退場了，感覺有些感傷。這次插畫有畫到她，讓我很開心。

另外，我也很喜歡在銀行把風、被真那打敗的那兩人的對話。日本的女孩子很強的。

○探長琴里

來解開在天空密室〈佛拉克西納斯〉發生的殺人事件吧！

這是藍光光碟中最後收錄的琴里的故事。沒想到會以懸疑的方式進入故事。琴里當然不用說，同時也是希望能夠深入平常無法成為焦點的〈佛拉克西納斯〉船員的個性。我開始覺得箕輪是折紙的前輩了。順帶一提，「Mahal kita」是塔加拉族語（菲律賓的官方語言）「我愛你」的意思。我是在收錄現場聽到飾演幹本的利根健太朗先生即興說出來後，才第一次知道這個詞。利根先生，你怎麼會知道這句話啊……

○雙面十香

這篇是未公開、新寫的短篇，十香篇。十香篇收錄了兩篇，但這個故事裡頭的十香似乎跟平常不同。究竟發生了什麼事呢？十香雖然呈現「Reverse」的狀態，但這並不是在講十香嘔吐的故事喔。

因為只有這個故事的時間和其他六篇不一樣，所以八舞姊妹、美九和七罪也有出場。以七罪的視角描寫四糸乃，感覺看起來可愛了三成。好想跟她結婚。

而且竟然有三張插畫，真是太豪華了。最後的十香和七罪女警也很值得一看，但我個人想推薦的是耶俱矢的便服。那件衣服的背面、側腹部、肩膀和衣領真是太好看了。

那麼，本書這次依然在多方人士的幫忙之下才得以完成。

負責插畫的つなこ老師、責任編輯、美編草野和編輯部的各位，出版、通路、販賣相關人員，以及現在拿起這本書閱讀的各位讀者，容我向各位致上最誠摯的感謝。

下次如果能在《約會大作戰DATE A LIVE 13》或是《いつか世界を救うために　―クオリディア・コード―》第二集中和大家見面，將是我的榮幸。

二〇一五年七月　橘　公司

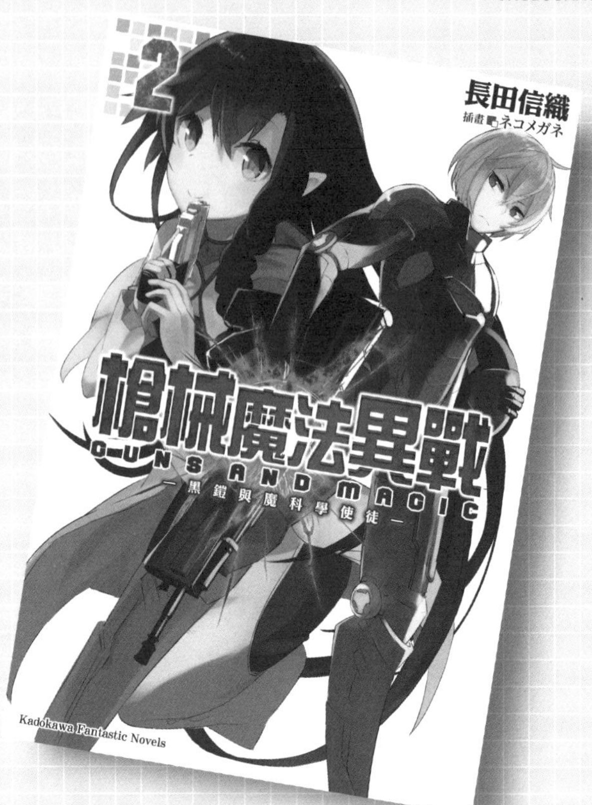

Kadokawa Light Novels

槍械魔法異戰 1~2 待續

作者：長田信織　插畫：ネコメガネ

魔法與火砲交錯，異世界神話揭幕！
從天而降的黑鎧超戰士伴隨的是福還是禍？

異世界的裝甲兵廉與亡國女王伊莉絲、近衛騎士艾莉西亞一同踏上旅途。在城鎮琵特雷，鄰國法吉魯德的軍隊對峙的魔獸群中有具神祕的「四足鎧甲」。確信對方也是〈阿加思〉的廉，和伊莉絲等人一同協助進駐軍，可是——

各 NT$240/HK$75

台灣角川

Kadokawa Light Novels

盜賊神技～在異世界盜取技能～ 1~4 待續

Kadokawa Fantastic Novels

作者：飛鳥けい　插畫：どっこい

分歧的勇者誠二與莉姆
兩人能否於新的城市再相見？

為追尋分開的獸人少女「莉姆」的蹤跡，誠二終於在雙胞胎蕾伊和雷恩的陪伴下啟程前往敵營斯別恩帝國。旅途中卻因鄰近出沒的盜賊團而被迫停留在意想不到的場所。這樣的誠二究竟能否順利抵達莉姆身邊？

台灣角川

各 **NT$200~240/HK$60~75**

國家圖書館出版品預行編目資料

約會大作戰DATE A LIVE安可短篇集 / 橘公司作
; Q太郎譯. -- 初版. -- 臺北市 : 臺灣角川,
2016.01-
冊； 公分
譯自：デート・ア・ライブ アンコール
ISBN 978-986-366-908-1(第4冊：平裝)

861.57 104026092

Kadokawa
Fantastic
Novels

約會大作戰DATE A LIVE 安可短篇集 4

（原著名：デート・ア・ライブ　アンコール 4）

2016年2月10日　初版第1刷發行
2022年6月15日　初版第5刷發行

作　　者：橘公司
插　　畫：つなこ
譯　　者：Q太郎

發 行 人：岩崎剛人
總 編 輯：蔡佩芬
編　　輯：孫千棻
美術設計：吳佳昫
印　　務：李明修（主任）、張加恩（主任）、張凱棋

發 行 所：台灣角川股份有限公司
地　　址：104台北市中山區松江路223號3樓
電　　話：（02）2515-3000
傳　　真：（02）2515-0033
網　　址：www.kadokawa.com.tw
劃撥帳戶：台灣角川股份有限公司
劃撥帳號：19487412
法律顧問：有澤法律事務所
製　　版：巨茂科技印刷有限公司
ISBN：978-986-366-908-1